汉译世界学术名著丛书

爪哇史颂

〔印尼〕普腊班扎 著

刘志强 徐明月 译注

Mpu Prapanca

NAGARAKRETAGAMA

联合国教科文组织（UNESCO）《世界记忆遗产名录》文献

中译本参考印尼文译本 Prof. Dr. Slametmulyana, *NAGARAKRETAGAMA DAN TAFSIR SEJARAHNYA*, Bhratara Karya Aksara, Jakarta, 1979 和英文译本 Mpu Prapanca, *DESAWARNANA (NAGARAKRTAGAMA)*, Translated by Stuart Robson, KITLV Press, Leiden, 1995 译注

汉译世界学术名著丛书
出 版 说 明

我馆历来重视移译世界各国学术名著。从20世纪50年代起，更致力于翻译出版马克思主义诞生以前的古典学术著作，同时适当介绍当代具有定评的各派代表作品。我们确信只有用人类创造的全部知识财富来丰富自己的头脑，才能够建成现代化的社会主义社会。这些书籍所蕴藏的思想财富和学术价值，为学人所熟悉，毋需赘述。这些译本过去以单行本印行，难见系统，汇编为丛书，才能相得益彰，蔚为大观，既便于研读查考，又利于文化积累。为此，我们从1981年着手分辑刊行，至2021年已先后分十九辑印行名著850种。现继续编印第二十辑，到2022年出版至900种。今后在积累单本著作的基础上仍将陆续以名著版印行。希望海内外读书界、著译界给我们批评、建议，帮助我们把这套丛书出得更好。

商务印书馆编辑部
2021年9月

序　一

《爪哇史颂》是印度尼西亚满者伯夷王朝（Majapahit，也译"麻喏巴歇"）的一位宫廷诗人普腊班扎（Prapanca，笔名）所写的赞美诗。全诗共98个诗章，译成中文只有3万余字。但这部诗作不仅有重要的学术意义，而且有无可替代的史学价值。一般而言，古代的宫廷诗人多为御用文人，他们的作品几乎都是为国王歌功颂德，史学价值非常有限。然而，《爪哇史颂》的情况却有所不同。这部诗作的完稿时间是1365年，此时作者已进入暮年，隐居在一个名为加玛腊沙纳（Kamalasana）的山村修行，他在诗中隐姓埋名，自称Prapanca（其真实姓名是Dang Acarya Nadendra），说自己已离群索居多年，不与朝廷权贵来往。所以，尽管其诗作内容不乏对哈奄·武禄国王（Hayam Wuruk）和满者伯夷王朝的赞颂，其真实性也曾遭到部分人质疑；但是学者们多半认为，其诗作所描写的人和事多为其亲眼所见、亲身所经历，而且是在没有国王谕旨、没有个人功利的心境下创作的，所以其作品的写实主义基调、其客观性和史学价值是显而易见的。只要细读一遍，便可深刻感受到，这部诗作对满者伯夷王朝最辉煌的时代做了全景式的描述：几乎涵盖整个马来半岛的政治势力版图，印度教与佛教相安相融的和谐景象，经济和商贸的繁荣盛况，独具民族特色的盛大皇家宗教礼仪和民间习俗，清晰可信的皇家族谱关系，以及哈奄·武禄国王出访、巡游、拜祖、朝圣和狩猎等活动的生动场面，为读者再现了一个丰满的、跃动的、立体的帝国形象，为各相关领域的学者提供了不可多得的鲜活的史料，使他们会不由自主地以此去比照、核实乃至再思考过去自己由于缺乏史料而自觉空泛的某些观点和尚缺自信的有关论述。我想，也许这正是这部诗作为何已超出文学的意义，可以称为一部"诗史"的缘由；也许这正是从20世纪初期以来印度尼西亚人民不懈地争取民族独立和建立海洋大国的动力所在及其梦想支撑的基础；也许这也正是印度尼西亚共和国向联合国教科文组织申报将其列入《世界记忆遗产名录》并于2013年获得批准的理由。

的确，在毫无修史传统的东南亚海岛国家，一般都缺少一部公认的可靠的国家正史作为相关科学领域的研究参照；在古代的马来群岛国家，绝大多数自称为"历史"（Sejarah, Babad 或 Hikayat）的著作中都夹杂着许多神话传说，以致难以让人分清现实与想象的界限。严格地说，这些著作都应划归民间文学的范畴，其中虽存在一些有一定参考价值的史料，但也难以成为学者公认的历史证据。所以，在印度尼西亚，《爪哇史颂》这部14世纪中期问世的"诗史"，尽管作者从未称其为"历史"，虽然其中也有少量的神话传说穿插，但其史学价值却远在爪哇古典文学乃至马来古典文学其他同类作品之上。可以预见，刘志强和徐明月两位译注的《爪哇史颂》的出版对我们印尼－马来学研究领域学者们将是一场春夜喜雨，是一件很值得庆祝的喜事。

《爪哇史颂》是用古爪哇语撰写的格卡温诗体文学作品，这种诗体是效仿印度两大史诗的梵文诗律而创造的一种古爪哇语诗体，是爪哇宫廷文学的主要文学样式。古爪哇语与现代爪哇语区别很大，当然与印尼语和马来语则更是完全不同。一部格卡温叙事诗可以由很多诗章组成，每一诗章由若干诗节组成，而每个诗节由4个诗句组成。一般来说，各个诗节中的4个诗句不讲究韵律，但规定有音步的多种变化规律。从位于莱顿的荷兰皇家语言学与人类学研究所出版的英文译本中还可以大致看出，其每个诗章中有若干诗节，每个诗节中都有4个诗句；但是却看不出有音步的变化规律和特点。的确，如果翻译成另外一种文字，便几乎无法对译出古爪哇语格卡温诗节中的音步变化。从本作品的印尼文译本中可以看出，全诗仅保留了古爪哇语格卡温诗的诗章序号和诗节序号，而原著每个诗节中的4个诗句则基本上都变成了较为严谨的散文体。其实，这种古体诗即便是翻译成现代散文体，只要是翻译成另外一种文字，也是非常难的。当前，我们国内已经很难找到谙熟爪哇语，更别说是精通古爪哇语的学者了。所以从古爪哇语直接翻译成中文虽然最为理想，但这是不现实的。那么，通过印尼文或英文翻译成中文，便是不得已的最佳选择。刘志强和徐明月两位译者不畏艰难，翻译第一部书便挑了一个硬骨头，他们不但翻译，还要做大量研究性的注释。他们的译文读起来很顺畅，也很有文采，以"信、达、雅"的标准要求也达到了一定的高度。他们为后来者开了一个好头，很值得我们的同行学习和效仿。

此外，关于普腊班扎这部诗作名称的中文翻译《爪哇史颂》我想谈谈心中的疑虑。我知道，本书的译者所采用的书名是沿用前人的。但我不知道，首先采用这个译名的是谁，其根据如何。按理说，哈奄·武禄国王执政时期是满者伯夷王朝的鼎盛时期，其王国的疆域远远超出爪哇的范围，依照作者的本意他所描述的帝国其政治版图起码涵盖了现在印度尼西亚的大部分国土。因此用"爪哇史"限定书名并不合适。其次，无论是古爪哇语的原作，还是印尼文译本或英文译本，其书名均不曾用"爪哇"二字。再次，爪哇确实有一部文本众多的史书，名为 *Babad Tanah Jawi*，如果将这部著作的名字直译成《爪哇史颂》似乎更加名副其实。那么普腊班扎的这部诗作的名称究竟翻译成什么更贴切呢？我想，起码要回避"爪哇"二字。是否可以翻译成《帝国史颂》更好些呢？当然，这只是作为一个学术问题提出，仅供译者和同行们再译或阅读时参考。

最后，再次祝贺这部作品出版。并预祝这部作品对印尼－马来学研究、对东南亚学研究乃至对东方学研究的同仁们能有更多的帮助。

张玉安

于北京博雅西园

2015 年 7 月

序　　二

在马来群岛历史的相关研究中,《爪哇史颂》占有独特的地位。这部作品产生于爪哇,是对14—15世纪时统治着爪哇及马来群岛的大部分地区的满者伯夷帝国最伟大的国王哈奄·武禄(1350—1389年)的诗颂。《爪哇史颂》与《马来纪年》一道,为我们研究这个时代的历史提供了重要信息。

《爪哇史颂》最早版本存放于印度尼西亚龙目岛马塔兰皇宫,书写于棕榈叶上。1894年荷兰军队入侵时被带回荷兰,由荷兰学者J. L. A. 布兰德斯翻译研究。最初存放于莱顿大学图书馆,后1973年朱莉安娜女王访问印度尼西亚时归还印尼,现存于印度尼西亚国家图书馆。2013年,《爪哇史颂》入选联合国教科文组织《世界记忆遗产名录》。

广东外语外贸大学刘志强教授带领学生把《爪哇史颂》翻译成中文的努力是令人称道的,也和该校定位一致——位于中国南方,面向服务东盟。不仅如此,该校肩负让中国(包括华人)了解东南亚的责任。从这个意义上说,《爪哇史颂》的翻译是一个值得肯定的、顺应潮流的举措。

翻译研究《爪哇史颂》并非易举,从19世纪末布兰德斯时代起学者们开始了对它的研究。作者普腊班扎创作这部作品于1365年,研究这部作品除了要求熟练掌握古爪哇语外，还必须对14—15世纪满者伯夷帝国的时空状况有深入的了解。全篇九十八章节以格卡温诗体——一种古爪哇语诗体创作而成，对译者而言是一个巨大的挑战。

《爪哇史颂》讲述哈奄·武禄时期满者伯夷帝国的扩张、管理和统治状况。在帝国名相卡查·玛达的辅佐下，王国扩展到马来群岛的大部分地区。作品专门用一部分的篇幅以歌颂神、歌颂国王开始，反映出王国的政治哲学与佛教－印度教教义紧密相连。与此同时，用大段篇幅描述哈奄·武禄的统治范围及王国领土的延展，并列举了许多地区名字，这详细的情况描述，是在任何文本中从未有过的。

《爪哇史颂》中对于当时满者伯夷王庭中举行的宗教仪式的描述也是一个重要部分。对国王亲自举行的一些古老仪式的详细描述，让我们可以窥见国王虔诚的宗教信仰以及对传统宗教礼仪的维护。通过这些描述，国王的个人特点、性格特征跃然纸上。

很大程度上，《爪哇史颂》的价值还在于对麻喏巴歇帝国统治运行的描述。这是作品另一个重要方面——描述麻喏巴歇的统治之道，让我们对其强盛一时的原因有了更深入的了解。

鉴于《爪哇史颂》的贡献和特殊地位，这部作品可以作为东南亚历史研究的重要文本。选择把其翻译成中文可以说是向华语学界介绍东南亚作品迈出的恰如其分的一步。

由刘志强教授和徐明月老师译注的译本，是该部作品的首个中文版本。这部译作对于中国的学者以及想通过该文本研究14—15世纪麻喏巴歇帝国、马六甲帝国鼎盛时期东南亚海岛历史的学者来说，是一部至关重要的作品。

中国学界在很多方面对东南亚古代史的研究由来已久。以北京大学的冯承钧教授（1885—1946年）于20世纪二三十年代的翻译开始，冯承钧教授对东南亚相关历史文本的编译解读包括费信的《星槎胜览》和马欢的《瀛涯胜览》。中国另一位著名学者，南洋大学许云樵教授（1905—1981年）继续了这项工作。许云樵教授在把东南亚经典原著介绍给中国读者的过程中起了重要作用，其译作包括《安南通史》《马来纪年》《占城国译语注》等。

这本译著作为对东南亚历史相关文本，尤其是原始资料翻译注解为中文工作的延续，希望其能在中国学生中教授和学习过程中有所帮助，同时推进对东南亚这一领域的历史研究。

随着中国在东南亚地区的影响日益重要，以及该地区对中国的重要性提升，翻译东南亚名著的工作也变得重要和裨益良多。中国通过"一带一路"宏大构想，尤其是"新海上丝绸之路"构想，体现了与东南亚地区交流的美好愿望以及所做出的努力。这部作品可以看作是中国与东南亚地区交流的重要部分，也是重塑郑和下西洋所构建的文化之路的重要举措。

黄子坚（Danny Wong Tze Ken）
马来亚大学文学院院长

译者序

《爪哇史颂》(印尼语 Nagarakretagama，意为国家建立史，又名 Desawarnana，意为王国录)是一部产生于古代爪哇大地上的重要历史文学作品，作者为14世纪宫廷诗人普腊班扎(Mpu Prapanca)。根据该作品英文译本译者斯图尔特·罗布森(Stuart Robson)的研究，普腊班扎波罗般遮实际上是麻喏巴歇①(Majapahit，1350—1389年)宫廷里一位官员的笔名。当时作品是为了纪念麻喏巴歇的国王哈奄·武禄(Hayam Wuruk)而作的，此国王又以其礼仪性的名字罗阇萨那伽拉(Radjasanagara)和双溪·维加辛·苏卡(San Hyan Wekasin Sukha)而著称。

《爪哇史颂》的作者普腊班扎自幼承父业，信佛教，仕王庭，被当时爪哇的麻喏巴歇王朝国王哈奄·武禄任命为宫廷诗人。又因其才华横溢，"谨小慎微，行无差错"得以常伴君王左右。诗人对爪哇宫廷状况、帝王家族历史有着切身的感知和了解，因此作品《爪哇史颂》不仅具有较高的文学价值，还在一定程度上具有可资参考的史料价值。

普腊班扎以文事君，文学造诣自不必说。《爪哇史颂》行文结构

---

① 麻喏巴歇又译满者伯夷王国。

衔接紧密，寥寥数语便勾勒出爪哇大地上从新柯沙里到麻喏巴歇王朝的帝王更迭，抵抗元蒙大军，平定乱臣造反，帝王御驾巡游等历史事件。且历史写实主义与神话传说浪漫主义手法结合，在历史事件的描写中糅合神秘宗教事件，如佛像一夜之间消失，仙人使用圣瓶以水分爪哇大地等，使得本就不为人所知的爪哇历史更加奇幻，耐人寻味。

史诗对景物、人物的描绘刻画也非常细腻，铺陈华丽辞藻还原当年爪哇宫廷景象盛况；作品反复运用修辞格以展现国王游猎途中所见的各种景物：残垣断壁的古佛塔，随风凄凄抖动的荒草，雕梁画栋的佛寺，等等。

在反映当时社会经济状况方面，上至显赫的帝王将相，下至提鸭牵鹅的小兵卒吏，史诗中都有描述；所进贡之物，所馈赠之资，所食之菜肴，所饮之酒水，不胜枚举，可谓包罗万象。

作者在史诗的后半部分，用了近乎白描的手法，罗列展示了当时爪哇朝代所立皇陵、佛塔、碑文，十分详尽，以至于在某些历史学和考古学研究中都被参考为寻找实地遗迹的资料。与其说《爪哇史颂》具有极高的史学价值和文学价值，毋宁说这部作品是爪哇当时的一部百科全书。

《爪哇史颂》共九十八章，我们把其划分为两部分。每个部分四十九章。诗歌章节内容行文紧凑。第一章到第七章介绍满者伯夷大帝哈奄·武禄及其家族成员。第八章到第十六章描绘满者伯夷王国宫殿城郭及属地。第十七章到第三十八章写大帝前往卢马姜游玩及途中旅程。第三十九章到第四十九章插叙大帝的家族历史。第二部分的四十九章内容中，第五十章到第六十二章描写大帝在南达瓦森林捕猎及归程途中所经属地纷纷纳贡。第六十三章到第六十九章，大帝祭拜所经神庙先祖。接下来的三章即第七十章到第七十二章写到卡查·玛达之死。第七十三章到第八十二章列数爪哇和巴厘的所有神迹、陵庙。从第八十三章到第九十二章描绘年度节庆活动。第九十二章到全诗最后为诗人对大帝的颂词和诗人对自身命运的讲述。

《爪哇史颂》是包罗万象的诗颂，然而作品仅有万余词。诗中所描绘的事件、历史人物大多一笔带过，并不详细，其中留下了许多值得探讨的问题。

《爪哇史颂》在国内从无刊本、译本。从我们搜集到的材料观之，中国社科院的耿昇先生早年在译介法儒费琅所编撰的《阿拉伯波斯突厥人东方文献辑注》一书中，有一段文字涉及《爪哇史颂》的介绍，总结摘录如下：《爪哇史颂》的爪哇文本于1902年首先由布兰德（Brandes）发表于巴达维亚（Batavia）《艺术和科学学会会议纪要》（第54卷第1期）。1903年，凯恩（Kern）在《印度通报》（第1卷）发表了一篇有关《爪哇史颂》的概述文章，同时将《爪哇史颂》部分原文和译注发表于《印度语言学、地理学和民族学文献集》中。另外还有一篇题为《爪哇史颂中有关哈奄乌录[①]的段落》。鲁法尔（G. P. Rouffaer）先生又曾在《尼德兰——印度百科全书》第4卷第384—385页总结了爪哇语史诗中相关的地理资料。1909年，在《皇家亚洲学会海峡分会会刊》中，奥托·布赖格登（C. Otto Blagden）发表了《马来史考释》，其中特别研究了由《爪哇史颂》提供的关于

---

① 哈奄乌录又译哈奄·武禄。

马来半岛的资料。①

至2003年，北京大学的梁立基教授在《印度尼西亚文学史》中把《爪哇史颂》音译为《纳卡拉克达卡玛》(Nagarakrtagama)，同时对这本著作的创作背景进行了说明：哈奄·武禄执政时期，有著名宰相卡查·玛达辅政，文修武偃，物阜民安，是麻喏巴歇王朝的盛世。过去的宫廷作家都是借印度史诗神话故事来歌颂本朝帝王，如今王朝已如此强大，宫廷作家完全可以把国王的丰功伟绩和国家的繁荣昌盛直接写进自己的作品加以歌颂。普腊班扎于1365年写的《纳卡拉克达卡玛》就是这样一部格卡温作品，这是普腊班扎随驾出巡各地的见闻录。梁立基教授认为，《纳卡拉克达卡玛》具有巨大的史料价值，它向我们提供了有关麻喏巴歇王朝全盛时期的社会政治、宗教文化、民情风俗等十分难得的详实资料，这在爪哇古典文学里，可以说是独一无二的。②

尽管《爪哇史颂》在国内有少数学者提及，但迄今无汉译本刊行，而西方学界自1903年即进行了翻译。幸赖前人各种文本对《爪哇史颂》的整理和研究，本中文译本有了重要的参考依据，得以让中文读者尽可能地一览全貌，更易于理解14—15世纪满者伯夷帝国鼎盛时期的一些情况。

本中文译本主要参考了1979年印度尼西亚布拉塔拉·卡尔雅·阿克萨拉出版社（Bhratara Karya Aksara）出版的印尼文译本，它是印尼－马来语世界最早、最权威译本；而1995年荷兰皇家语言学

---

① 〔法〕费琅编：《阿拉伯波斯突厥人东方文献辑注》（下），耿昇、穆根来译，中华书局2001年版，第736—737页。

② 梁立基：《印度尼西亚文学史》，昆仑出版社2003年版，第156—157页。

译者序

与人类学研究所出版社（KITLV Press）出版的英文译本，由斯图尔特·罗布森根据1979年巴厘岛新发现的手抄本整理翻译，也成为我们汉译版的参考版本。译文虽经多次校订，但仍恐有舛误不当之处，恳请方家指正。

刘志强

广东外语外贸大学

目　　录

第 一 章 1
第 二 章 3
第 三 章 4
第 四 章 5
第 五 章 6
第 六 章 7
第 七 章 9
第 八 章 11
第 九 章 14
第 十 章 16
第十一章 17
第十二章 18
第十三章 20
第十四章 22
第十五章 26
第十六章 28
第十七章 31
第十八章 35

第十九章	38
第二十章	40
第二十一章	41
第二十二章	42
第二十三章	44
第二十四章	45
第二十五章	46
第二十六章	47
第二十七章	48
第二十八章	49
第二十九章	50
第三十章	52
第三十一章	53
第三十二章	55
第三十三章	57
第三十四章	58
第三十五章	60
第三十六章	62
第三十七章	63
第三十八章	65
第三十九章	67
第四十章	68
第四十一章	70
第四十二章	72

第四十三章	74
第四十四章	77
第四十五章	79
第四十六章	80
第四十七章	81
第四十八章	82
第四十九章	84
第五十章	86
第五十一章	88
第五十二章	90
第五十三章	91
第五十四章	93
第五十五章	94
第五十六章	96
第五十七章	97
第五十八章	99
第五十九章	101
第六十章	103
第六十一章	105
第六十二章	107
第六十三章	108
第六十四章	110
第六十五章	112
第六十六章	114

第六十七章 116

第六十八章 117

第六十九章 119

第 七 十 章 121

第七十一章 122

第七十二章 123

第七十三章 125

第七十四章 128

第七十五章 129

第七十六章 130

第七十七章 132

第七十八章 134

第七十九章 137

第 八 十 章 138

第八十一章 140

第八十二章 142

第八十三章 144

第八十四章 146

第八十五章 149

第八十六章 150

第八十七章 151

第八十八章 152

第八十九章 154

第 九 十 章 156

目　录

第九十一章 158

第九十二章 161

第九十三章 162

第九十四章 163

第九十五章 165

第九十六章 166

第九十七章 167

第九十八章 168

译后记 169

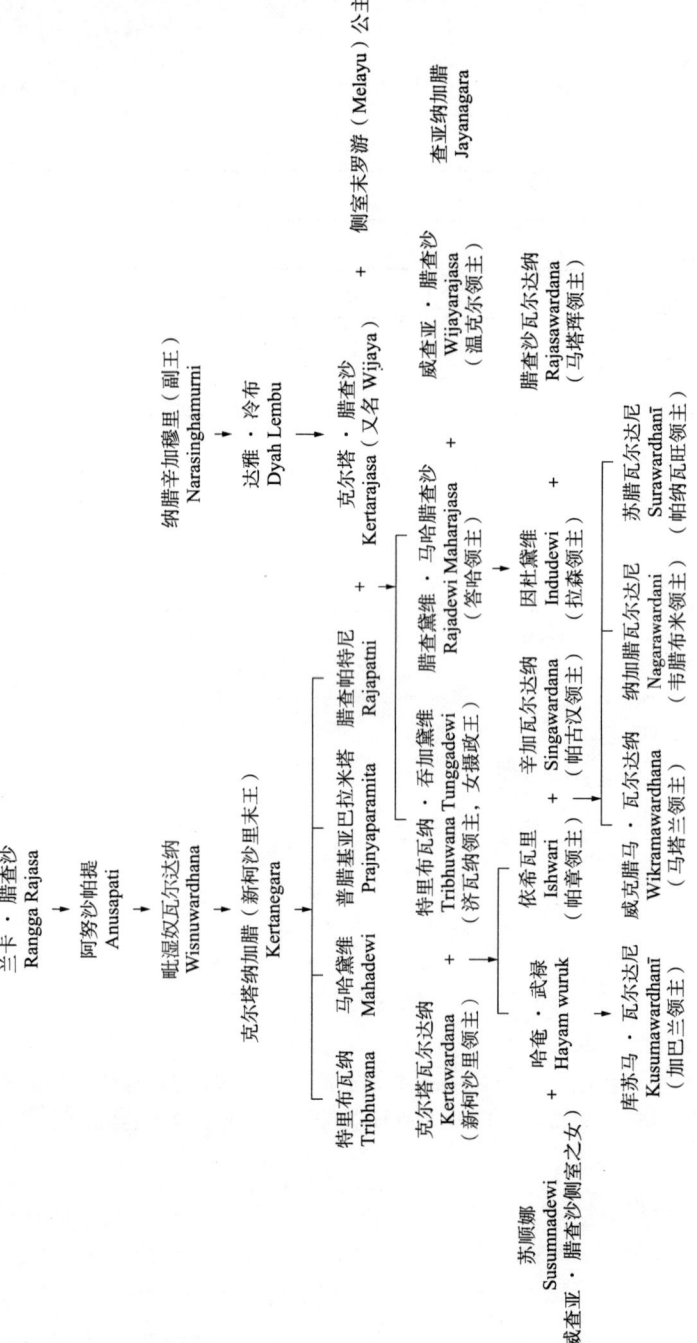

《爪哇史颂》帝王族谱（"+" 号表示婚配；↓ 表示后代）

第一章

1

啊！吾等凡夫，虔诚匍匐。匍匐于世界守护大神足下。他是湿婆佛陀，宇宙万有，遍在一切。他是守护之神，诸王之王。高于想象，却真实存在。

2

大神无所不在，执掌一切戒律。他是毗湿奴信徒心中的万能之神。瑜伽修行者心中的大自在天①，迦毕罗人②心中的原人普鲁莎③。商人心中的财神藏巴拉④。他是无所不知的智慧神，亦是毁灭障碍、维护和平的阎魔神。

---

① 大自在天，梵名 Maheśvara，巴利名 Mahissara，又译摩醯首罗。原系印度教所崇奉创造宇宙之最高主神，佛教视之为色界顶，即究竟天之主。(《爪哇史颂》中译本注释均为译注者所加。)
② Kapila，印度教的一种流派—数论派 (Samkhya) 的信徒。
③ Purusa，《梨俱吠陀》中创造神话 "原人歌" 说原人 Purusa 有千头、千眼、千足。他从各方拥抱世界，尚余十指。
④ Jambhala，源于古印度神俱陀罗。

3

无上崇敬献给历史的缔造者,他是满者伯夷之王——威瓦迪卡塔大帝、腊查沙·纳加腊大帝①。他掌握国家大权命脉,承袭婆罗多神苗裔血脉,他为万民扫除苦难,光辉为爪哇大地——乃至整个努山塔拉②地区顶礼膜拜。

4

塞伽历③1256年(公元1334年),爪哇之王诞生,生而注定为王。犹在娘胎便显帝王之相。卡胡里潘④电闪雷鸣,云聚雨落,山崩地裂,奸邪极恶之人被天地异象震慑荡涤。

5

一切皆预示:神之国王,即将登基。爪哇大地,臣服于兹,四大种姓,听命神示。恶鬼惊止,恐威神祇。

---

① Wilwatikta、Sri Nata Rajasanagar,都是当时满者伯夷国王哈奄·武禄(Hayam Wuruk)的尊号。

② Nusantara,即马来群岛、马来世界。地理上包括今日的印度尼西亚、马来西亚、泰南三府、菲南群岛、新加坡岛、文莱和东帝汶等传统马来人活动的地理文化区域。

③ 塞伽历,源自古印度的一种历法,为阴阳历,以公元78年贵霜帝国迦腻色迦王一世(Kanishka I)开始为塞伽元年。也称为释迦历。

④ Kahuripan,11世纪爪哇的一个印度‐佛教王国,后被分为谏义里和戎牙路两个王国,满者伯夷王朝时期成为王国的一个直属地。大致位于布兰塔斯河(Brantas)下游三角地带,今印度尼西亚的泗水地区。

第二章

1

皇祖母腊查帕特尼[①]，众神后裔，庇佑大地。苦心修道，出家为尼[②]，虔诚供佛。塞伽历1272年（公元1350年）仙逝，重回佛祖怀抱。

2

腊查帕特尼回归极乐界，霎时天崩地裂。直到新王继位，天地重归明朗。新王是伟大国王的母亲，济瓦纳[③]之王特里布瓦纳[④]。她哺育并代表幼王。

[①] Rajapatni，克尔塔纳加腊（Kertanagara）四个女儿中最小的女儿，嫁给克尔塔·腊查沙（Kertarajasa），最受其宠爱，是查亚纳加腊的母后（非亲生）。查亚纳加腊无后，死后由其继承王位，体现了满者伯夷时期母系族传统的残留。
[②] 因其出家为尼无法直接行使王权，由其女儿代为摄政。
[③] Jiwana，也被称为卡胡里潘。
[④] 名为 Sri Gitaraja，王号为 Tribhuwana Tunggadewi Jayawishnuwardhani。此人名字、王号版本较多，为了不引起歧义，现统一为：Tribuwana Wijayatunggadewi，济瓦纳之王，卡胡里潘领主。

第三章

1

皇太后效忠并延续皇祖母的统治。她恪守佛家戒律,把母亲的遗体净化埋葬。伟大国王的父亲名为克尔塔瓦尔达纳①。夫妻二人信仰佛教,坚信佛陀能带来和平。

2

伟大国王之父统治着新柯沙里②。犹如宝生佛③,庇佑和平,增进繁荣。他使人民安定,刑罚严明,睿智而圣明。

---

① Kertawardana,新柯沙里藩王。
② Singasari (Singhasari),此处是新柯沙里藩国,并非新柯沙里(信诃沙里)王朝,新柯沙里王朝建立于公元1222年,灭亡于公元1292年,成为满者伯夷王国的统治区域。其地大致在今东爪哇玛琅。
③ 宝生佛,为梵语Ratnasaṃbhava的意译,是佛教密宗崇奉的五方佛之一。

第四章

1

腊查黛维·马哈腊查沙①公主，又名美后茹帕婉②，答哈③之王，美貌绝伦，是伟大国王之姨母，与皇太后宛如双胞天使。

2

威查亚·腊查沙④是腊查黛维公主丈夫，温克尔⑤之王，与美后茹帕婉一样，是乌盆德拉⑥神之后裔，年少成名。他与新柯沙里王一样，坚守宗教戒律，威名远播爪哇。

---

① Rajadewi Maharajasa，皇祖母腊查帕特尼之女，与特里布瓦纳为同胞姐妹。
② 原文为 Rupawan。
③ Daha，也称为 Kadiri 或 Kediri，在布兰塔斯河畔，位于今印度尼西亚东爪哇的谏义里和茉莉芬一带。
④ Wijayarajasa，温克尔藩王。
⑤ Wengker，古满者伯夷属地之一，在今印度尼西亚茉莉芬以南的波诺罗戈（Ponorogo）。
⑥ Upendra，据印度史诗《摩诃婆罗多·毗温摩篇》第9章第27颂，乌盆德拉是一条河流的名称。

第五章

1

伟大国王的美丽姊妹因杜黛维①，是答哈女王的公主，统治拉森②地区。她以美貌闻名，又称爪哇天使，是威查亚·腊查沙王之女。

2

克尔塔瓦尔达纳王与济瓦纳王③之幼女依希瓦里④，统治帕章⑤地区，美艳无双，是伟大国王的同胞姊妹。

---

① Indudewi，拉森藩王。
② Lasem，大致位于东爪哇海岸地区，今印度尼西亚三宝垄东北。
③ 指特里布瓦纳。
④ Ishwari 或 Wardhanaduhiteśwarī，帕章藩王。
⑤ Pajang，位于今印度尼西亚中爪哇梭罗城以西，作为藩国有可能包含梭罗。

第六章

1

拉森公主的夫君承天宣告正统,为马塔珲①之王。其名腊查沙瓦尔达纳②,英俊博学,夫妻二人之婚姻乃天作之合,为世人赞美。

2

辛加瓦尔达纳③,年轻英俊,智勇双全,被赐封帕古汉④之地,他是帕章女王的丈夫。二王婚姻可谓珠联璧合,他们忠于国王,热爱子民。

---

① Matahun,位于今印度尼西亚谏义里和茉莉芬一带。
② Rajasawardana,马塔珲藩王。
③ Singawardana,帕古汉藩王。
④ Paguhan,该地不详。

3

帕章女王诞下纳加腊瓦尔达尼①公主。公主获封地韦腊布米②。帕章女王诞下王子,赐封马塔兰③地。王子如战神鸠摩罗④下凡,作为伟大国王家族后裔,他被赐名威克腊马·瓦尔达纳⑤。

4

帕章女王的小公主名为苏腊瓦尔达尼⑥,赐封帕纳瓦旺⑦地,她貌美如画。爪哇诸岛各王皆有领地,并定居于威瓦迪卡塔⑧,效忠伟大爪哇之王!

---

① Nagarawardani,《爪哇史颂》印尼文译本中表述为"Bhre Lasem Menurunkan puteri jelita Nagarawardani",即拉森女王诞下美丽纳加腊瓦尔达尼公主为误译,王任叔先生与英文译本译者斯图尔特·罗布森皆认为,纳加腊瓦尔达尼为帕章女王所生。
② 原文为 Wirabumi。
③ Mataram,大约位于梭罗到日惹一带。
④ Kumara,印度神话中的战神。
⑤ Wikramawardhana,马塔兰藩王。
⑥ Surawardhanī,帕纳瓦旺藩王。
⑦ Panawawan 或 Pawanuhan,Pawwan-awwan。
⑧ Wilwatikta,满者伯夷首都,今印度尼西亚东爪哇省苦橘城(Trowulan)。

第七章

1

高歌吾王神武。吾王乃世界主宰，太阳之光。他斩将杀敌，犹如日光清除黑暗，佑王国于伟力之下；他高洁如莲，惩恶扬善；他励精图治，各村各社财源如流，财富充沛如水。

2

国王消除苦难与不祥，如雨神般降甘霖于大地。如阎魔般惩奸除恶，惩恶扬善。如财神般积累财富，丰沛广博。如海神般耳目遍布，无处不在。如大地女神般美貌如月，守宫护城。

3

仿佛爱神卡玛戴瓦[1]被王宫的美丽所吸引而下凡。王子公主犹如月神[2]的杰作。王后是威查亚·腊查沙最美丽无双的女儿——苏顺

---

[1] 原文为 Kamadewa。
[2] Sri Ratih，古爪哇语，月亮之意。

娜①,王后与国王乃天作之合。

4

国王和王后诞下公主库苏马·瓦尔达尼②。公主顾盼美目,美丽动人。封地加巴兰③。威克腊马·瓦尔达纳将是她的佳偶,国王的贤婿。王子公主好合,乃众望所归,欢悦人心。

---

① Susumnadewi,温克尔藩王威查亚·腊查沙与侧室所出之女。
② Kusumawardhanī,加巴兰领主。
③ Kabalan,位于爪哇岛东部。

第八章

1

爪哇王国宫殿辉煌，红砖高墙环绕。西侧为前殿门，面对着深水环绕的宽阔广场。婆罗树形态各异，菩提树茂密成行。卫士巡逻严密，保卫王宫安全。

2

北侧为庆典大门，华丽非凡，铁门上装饰着各类图案。东侧矗立着一座精致的高塔，底座银光闪闪，熠熠夺目。蜿蜒北走，市集[①]边上，房屋整齐排列，颇为别致。每年制呾逻月[②]，国王聚军于此，士兵接受检阅。南面是十字路口，一切显得优雅脱俗。

3

宫廷外院宽敞开阔，四面置有看台，中间设有大厅。北面是大

[①] 印尼文译本为 pecan（核桃），英文译本或依据其他译本，认为应是 pasar，英文译本为 market，从英文译本。

[②] Caitra，印度教历法中每年的第一个月，时间大致处于公历 3—4 月之间。

臣学士的朝见之处，东面是湿婆教–佛教信徒们携带各类器物，讲经论道之所。他们在颇勒婆拿月①举行宗教仪式，为世间福祉祈祷。

4

东面是三排供奉场所，中间矗立着雄伟的湿婆神庙。圣人们②的处所位于南面，层叠奇伟。院子的西面有一个供奉恶魔的平台。北面是为佛教徒提供的场所，其建筑有三层，顶部雕刻精美。国王前来祭祀之时，处处铺满鲜花。

5

往内，大殿南部由一扇大门隔开，朝见厅设在那里，华屋美堂一路向西，其间丹绒③树繁花盛开。远处西南，勇士居所，庭院中心，石柱廊棚，百鸟争鸣。

6

再往里走，南边的朝见厅直通第二道殿门。楼堂房屋层层叠叠，错落有致，各有大门。所有建筑椽坚墙硬，毫无瑕疵。卫士们井然有序，轮班守卫城门。

---

① Phalguna，印度教历法中最后一个月，时间大致处于公历2—3月间，庆祝春天即将到来。
② Wipra，梵语，先知、智者、圣人之意。
③ Tanjung，学名香榄（Mimusops elengi），别名牛油果，山榄科，牛油果属。

爪哇宫廷官员造型图

(图片来源：Thomas Stamford Raffles, *The History of Java*, Jakarta, Penerbit NARASI, 2008, p.58)

第九章

1

国王臣僚无数，包括王宫众臣、属国众臣、谏义里－戎牙路[①]旧臣、禁卫、宗教首领、阿尔亚英雄[②]、使者、驯象师等。[③]

2

广场宽阔美丽，仿佛广袤无垠。爪哇的大臣、贵族和国王的侍从在最前排，高级卫士成排立于第二道门。他们都处在通往内门的北面，南部是学者和僧侣。

[①] Kadiri-Janggala，写作本诗时，谏义里王朝灭亡，成为满者伯夷王国属地之一。其自新柯沙里王朝起，即为满者伯夷属地。

[②] 满者伯夷时期的封号，爪哇语作 Arya，英雄之意。

[③] 本节所提到的臣僚名称包括：Pengalasan, Ngaran, Nyu Gading Janggala-Kediri, Panglarang, Rajadewi, Waisangka Kapanewon Sinelir, Jayengprang Jayagung, Pareyok Kayu Apu。

3

广场西部，若干大殿矗立，延伸向远方，官员、侍从、卫士云集。在更远的南面，分布着房屋和宫殿，那是帕古汉王带着随从面圣时的处所。

4

进入第二道大门，宫殿熠熠夺目展现眼前。平坦开阔土地上，恢宏的大殿内放置精美装饰的座椅。东部高耸的楼屋上以王国图腾点缀。这里是国王接见到访客人之地。

第十章

1

以下诸位要员常来觐见。高官[①]、贵族、侯爵和五位满者伯夷重臣：马帕提、德蒙、坎努鲁汉、朗卡、天猛公[②]。

2

底层官员武士、州县吏僚忠心不贰。如若前来朝见，便聚集于大殿官邸。五位重臣鞠躬尽瘁，执掌国家事务。

3

若贵族、学者、哲人、信徒前来朝见，便候于大殿旁，无忧树[③]树荫之下。两名宗教主管和七位助理也在其中，他们行为高尚，举止有贵族之风，堪称表率，获封阿尔亚英雄。

[①] Werdha Mantri，爪哇宫廷中的官职名。
[②] Mapatih, Demung, Kanuruhan, Rangga, Tumenggung，满者伯夷五个中央大臣职位名称。
[③] Asoka，梵语，学名 Saraca asoca，相传释迦牟尼诞生于此树下，被视为佛教圣树。

第十一章

1

  上述即是常在大殿朝见的官员。朝见大殿内排列整齐，装饰华丽。宫殿往里东面，是以权力为象征的宝座。宫殿南面是辛加瓦尔达纳王后和公主、王子们的住所。宫殿北部是克尔塔瓦尔达纳王住所。三者的整体构成宛若天堂。

2

  所有宫殿高椽大柱，雕梁画栋，色彩斑斓。墙壁红砖铆钉，严密紧致，点缀以奇异壁画。屋顶闪闪发光，引人夺目。庭院里，丹绒花、计婆罗华[①]、金香木[②]……众多奇花异木，争奇斗艳。

---

  ① Kesara，梵语，也作计萨啰华、鸡萨罗华。意译为花蕊，此处指铁刀木、铁棱等树木之花。
  ② Campaka，学名 Michelia champaca，属木兰科。

第十二章

1

　　城邦边上各类"堡垒"房屋整齐排列。东面是湿婆教信徒的处所，他们的领袖是梵天。南面是佛教信徒的处所，他们的领袖是纳迪①。大臣、阿尔亚英雄、皇亲国戚的处所位于西面。

2

　　城邦东部，被一块区域隔开的是一座雄伟宫殿，温克尔国王和答哈女王宛如因陀罗和舍脂仙女②一样般配。他们的宫殿与马塔珲王和拉森女王的宫殿相邻，离南部满者伯夷国王处所并不远。

3

　　在大市场的北边，有许多豪华的住宅。温克尔国王的弟弟答哈宰相居住于此。他忠心于国王，为国奉献，聪慧敏捷，是国家股肱

---

① 原文为 Nadi。
② Indra, Dewi Saci，因陀罗为印度神话中的雷神，舍脂仙女是他的妻子。

之臣，获封巴塔拉·纳拉帕提[①]。

4

东北部是满者伯夷宰相卡查·玛达的住所。他有勇有谋、忠君爱国、机敏善辩，是国王的左膀右臂，维护国王作为世界统帅。

5

城郭南边为宗法官员的官邸。东边为湿婆教信徒居所，西边为佛教徒居所，错落有致。王族、众臣、英雄、爵士居所林立。各式风格的房屋，平添了城邦的美丽。

6

满者伯夷的建筑群是无与伦比的，堪比日月光辉四射，美不胜言。努山塔拉众多城邦和岛国，以答哈为首，皆俯首臣服于满者伯夷国王，寻求庇护。

[①] 原文为 Bhatara Narapati。

第十三章

1

最先臣服于满者伯夷的是末罗瑜①、占碑②、巨港③、诃罗单④、特博⑤和护法城⑥。肯迪斯⑦、卡瓦斯⑧、米南加保⑨、锡亚克⑩、罗坎⑪、甘

---

① Melayu，也称为麻里予儿、麻剌予儿、木剌由、末罗游、马来由。该词不同时期的指涉不同，此处指已经分崩离析的三佛齐王朝部分故地，位于苏门答腊岛。一说Malayu之名源自印度，和印古籍中提到的Malaya山或Malaya洲有关。

② Jambi，三佛齐迁都占碑后，名存实亡，成为满者伯夷的一个属地，今印度尼西亚岛东南部的占碑。

③ Palembang，位于今印度尼西亚北苏门答腊省。

④ Karitang，位于今印度尼西亚苏门答腊岛丁机宜（Indragiri）以南甘沙特河（Gangsat）上游。

⑤ Těba，位于今印度尼西亚占碑省巴唐哈里河（Batanghari）上游，现巴唐德博河（Batang Tebo）区域。

⑥ Dharmāśraya，位于今印度尼西亚苏门答腊岛丁机宜上游，沙瓦隆托（Sawahlunto）附近。

⑦ Kendis 或 Kandis，位于苏门答腊西部，哥打杜沃（Kota Duo）附近。

⑧ Kahwas，在印度尼西亚肯迪斯和锡戎戎（Si Jungjung）之间，约在荷兰人所筑的卡贝伦堡（Fort vd. Capellen）要塞之地。

⑨ Minangkabau，位于苏门答腊岛西部。

⑩ Siak，位于苏门答腊岛北部，今印度尼西亚廖内（Riau）省区域。

⑪ Rokan，位于苏门答腊岛北部，今印度尼西亚廖内省区域。

巴①和帕内②紧随其后，另有监毗、阿噜、曼达林、淡洋、佩尔拉、巴腊特③等领地。

2

拉瓦斯④和须文答剌⑤以及蓝无里⑥、巴丹⑦、南榜⑧、巴鲁斯⑨是臣服的主要马来国家；丹戎武啰岛⑩上的国家卡布斯、卡廷甘⑪、桑皮特⑫、库塔林加⑬、库塔瓦林引⑭、三发、拉威⑮也同样臣服。

---

① Kampar，位于苏门答腊岛北部，今印度尼西亚廖内省区域。
② Pane，位于苏门答腊岛北部。
③ 原文分别为 Kampe, Haru (Aru), Mandahiling, Tumihang (Tamihan), Parlak, Barat，均为苏门答腊岛上被征服的小国。
④ Lawas，位于苏门答腊岛北部，今印度尼西亚廖内省区域。
⑤ Samudara，苏门答腊岛北部的古国，也称为须文答那、须门答那。明代中期中国载籍最初仅指印度尼西亚苏门答腊北部小国，之后才逐渐作为全岛之名。
⑥ Lamuri，又作蓝里、喃哩、南浡里、南浡利和南巫里等。位于班达亚齐（Bandar-Aceh）一带。
⑦ 原文为 Batan。
⑧ Lampung，又作楠榜，位于北苏门答腊省。
⑨ Barus，即义净所指婆鲁师，又称为婆罗娑、婆律、朗婆鲁师。位于苏门答腊西海岸。
⑩ 原文为 Tanjungnagara，又作 Tanjungpura, Tanjungpuri，此处指加里曼丹岛名。
⑪ 原文分别为 Kapus, Katingan，两地邻近，位于加里曼丹岛西南部，今门达威河（Mendawei）流域。
⑫ Sampit，桑皮特河流域城市，位于今印度尼西亚中加里曼丹省。
⑬ Kota Lingga，今印度尼西亚廖内省的林加（Lingga）及贝通（Betong）区域。
⑭ Kota Waringin，位于加里曼丹岛南部，瓦林引河流域。
⑮ 原文分别为 Sambas, Lawai，两地均位于加里曼丹岛西部。

第十四章

1

甘当岸①、朗达克②、沙梅当③和提伦④同样是臣服。此外，还有沙东⑤、渤泥⑥、卡鲁卡、沙路栋⑦、苏禄⑧、帕西尔⑨、巴里托、沙瓦古⑩、塔巴隆⑪、丹绒古戴⑫，还包括丹绒布罗岛上的重要地区马拉脑⑬。

---

① Kadangdangan 或 Kandangan，位于加里曼丹岛北部。
② Landak，位于今印度尼西亚三发（Sambas）附近的内陆。
③ Samĕdang，或在加里曼丹西南部辛庞（Sinpang）。
④ Tirem，位于今印度尼西亚西加里曼丹省帕尼腊曼（Peniraman）附近。
⑤ Sedu 或 Sadong，位于今印度尼西亚诗巫境内。
⑥ Barune 或 Buruneng，北加里曼丹的文莱（Borni），即 Brunei。
⑦ 原文分别为 Kaluka, Saludung，两地位于北加里曼丹的马鲁杜港（Maludu）。
⑧ Solot 或 Solok，即菲律宾的苏禄群岛。
⑨ Pasir，位于今印度尼西亚巴厘巴板（Balikpapan）以南。
⑩ 原文分别为 Barito (Baritu), Sawaku，两地位于加里曼丹岛南部。
⑪ Tabalung，位于今阿蒙太（Amuntai）、马辰（Banjarmasin）以北，巴里托河（Barito）以东。
⑫ Tanjung Kutei，位于加里曼丹岛东部，今穆阿腊卡曼（Muara Kaman）地区。
⑬ Malano (Malanau)，或为菲律宾棉兰老，抑或为加里曼丹东北部玛璃瑙（Malinau）。

2

在彭亨①马来半岛上,乌戎梅迪尼②、狼牙修③、暹旺④、吉兰丹、丁加奴、六坤⑤、帕卡穆阿尔⑥、龙运⑦、单马锡⑧、桑希扬胡戎⑨、克朗⑩、吉达⑪、热勒⑫、坎查普⑬、尼兰⑭都已然统一在王国之下。

3

爪哇以东辖区如巴厘岛,属地巴达胡鲁、勒瓦卡查⑮、掘伦⑯上

---

① Pahang,与今所指马来西亚彭亨州不同,此处指代整个马来半岛。
② Hujung Medini,位于今马来西亚柔佛州(Johor)境内。
③ Langkasuka 或 Lengkasuka,位于今马来西亚吉打(Kedah)境内。
④ Saimwang,位于马来半岛北部。
⑤ Nasor (naçor),也作洛坤,位于今泰国那空是贪玛叻府(Nakhon Srithamarat)。
⑥ Paka Muar 或 Pekan Muar,即马来西亚的麻坡。
⑦ Dungun,在今马来西亚丁加奴河和彭亨河之间。
⑧ Tumasik,也作淡马锡,即新加坡。
⑨ Sang Hyang Hujung,地址不详。
⑩ Kelang,即巴生,位于今马来西亚森美兰(Sembilan)境内。
⑪ Kedah,又作吉打、羯荼。
⑫ Jere,或 Jering,位于今泰国北大年(Patani)附近。
⑬ Kanjap,即印度尼西亚新及岛(Singkep)。
⑭ Niran 或 Niram,今印度尼西亚的吉利门岛(Karimun)。
⑮ 原文分别为 Badahulu, Lo Gajah,两地相邻,位于巴厘岛西南。
⑯ Gurun,一般认为在印度尼西亚的马鲁古群岛,《诸蕃志》"苏吉丹"条中谓之牛论。

的苏昆、塔利旺、沙皮岛、东波、①桑希扬阿皮②、比马③、西兰④、肯达里山林⑤也连成一体。

4

还包括掘伦岛上的领地——被称为龙目米腊⑥的富庶地区沙克沙克⑦已完全统一。巴塔延⑧地区的卢伍克⑨城,直到乌达马卡特腊查⑩和其他一些岛屿,皆是王国土地。

5

尚有望加锡⑪、布敦、邦亚伊、库尼尔、加里安、沙拉亚、松巴⑫、

---

① 原文分别为 Sukun, Taliwang, Pulau Sapi, Dompo,这四个领地相邻。
② Sang Hyang Api,即 Gurung Api,现称桑格安(Sangeang)。
③ Bhīma 或 Bima,也作美马,位于松巴哇岛。
④ Seran 或 Ceram,位于今印度尼西亚西努沙登加拉省。
⑤ Hutan Kendali,位于松巴哇岛。
⑥ Lombok Mirah,位于今印度尼西亚龙目岛西部。
⑦ Sasak,位于龙目岛东部。
⑧ Bantayan,也作朋达因,又译温甸(Bontian),位于今菲律宾米沙鄢海域(Visayan Sea)内。
⑨ Kota Luwuk,位于波尼湾(Gulf of Boni)以北,今印度尼西亚中苏拉威西省区域内。
⑩ Udamaktraya,苏拉威西东北三大岛之一,属于塔劳(Talaud)群岛。
⑪ Makasar,又作孟嘉失、玛加撒等,又称乌戎潘丹(Ujung Pandang)。今印度尼西亚苏拉威西岛西南端的望加锡(Macassar)。
⑫ 原文分别为 Buton (Butung), Banggawi (Banggai), Kunir (Kunyit), Galian (Galiyahu), Salaya (Salayar), Sumba,均是王国位于苏拉威西岛的领地。

苏禄、穆阿尔①、文诞②、阿马万③、马鲁古④、翁因⑤、西伦⑥、帝汶⑦以及其他诸岛皆为王土。

---

① Muar，即今卡伊群岛。
② Wandan，又作盘檀、万兰、万澜，即今日的班达岛，位于今印度尼西亚班达海马鲁古省。
③ Ambon 或 Ambwan, Amawan，即印度尼西亚安汶。
④ Maluku 或 Maloko，主要指德那地岛（Ternate）。
⑤ Wanin，位于巴布亚北部。
⑥ Seran，位于巴布亚南部。
⑦ Timor 或 Timur，即帝汶。

第十五章

1

暹罗①、阿瑜陀国②、达尔玛纳加尔③、玛鲁塔玛④、腊查普拉⑤、新加纳加里⑥是王国的保护国。占婆⑦、真腊⑧、越南⑨，均为王国的友邦。

2

至于马都拉岛，并未被视为外邦。因为很久以前与爪哇岛便是

---

① Syangka，印尼文译本为 Siam，今泰国境内。
② Ayodhyapura，当时印度北部的古国，或谓今印度恒河中游坎普尔（Kanpur）西北二十英里的卡库普尔（Kakupur）古城。
③ Dharmanagari，当时位于印度东北部的一个古国。
④ Marutma，地址不详。
⑤ Rajapura，印度古国康卜加斯（Kambojas）首都。
⑥ Singhanagari 或 Songkhla，斯里兰卡古国。
⑦ Campa，今越南中部。
⑧ Kamboja，今位于柬埔寨。
⑨ Yawana 或 Yavana，由迁徙入印度的希腊人所建立的古国，此处应指当时越南（安南）。占婆和柬埔寨历史上曾称越南人为 Yawan 或 Yavana，占人属马来人种。

一体的。传说塞伽历124年（公元202年）爪哇岛和马都拉岛才分开，距离并不遥远。

3

努山塔拉诸岛臣服国王之后，定时纳贡。为了增加王国收益，学士和官员也被派出征赋。

第十六章

1

派往其他地区的官员,被禁止假公济私,否则得不偿失。若有国王的命令,他可以去任何地方推行湿婆教,使民心不乱。

2

众所周知,佛教信徒[①]即使有皇家命令,也不允许踏足西爪哇岛。因为那里的居民并非佛教徒。

3

但东爪哇如掘伦岛、巴厘岛可畅通无阻。这是圣哲布拉达[②]与库图兰[③]达成的协议。

---

① Penderita Penganut Sang Sugata, 意为修伽陀信奉者。修伽陀是如来十号之一,此处指佛教信徒。
② 原文为 Barada。
③ 原文为 Kuturan。

4

宗教神职人员在国王的派遣下秩序井然,各赴东西执行王命。他们的传教活动让人们喜见光芒。

5

所有臣服于爪哇的国家,都获得国王的庇佑,如有抗者,将被伟大的海军摧毁。

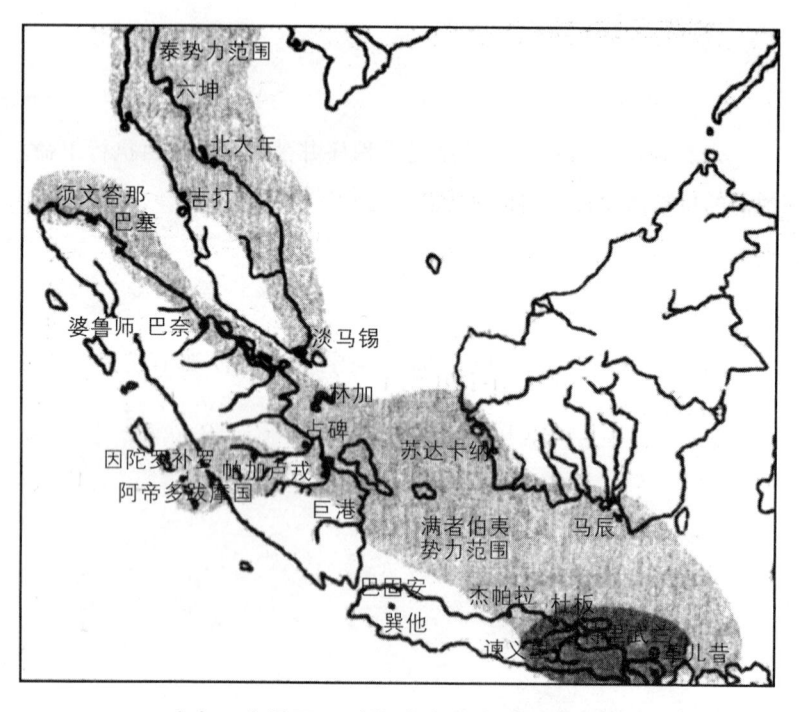

哈奄·武禄国王时期满者伯夷统治范围图

（图片来源：Tim Media Abadi, *Kerajaan-Kerajaan Awal Kepulauan Indonesia dan Semenanjung Malaysia*, Yogyakarta, Editions Didier Millet, 2006, p.398）

第十七章

1

国王在爪哇及努山塔拉群岛地区统治日益稳固。满者伯夷成了世界轮轴的中心。国王威名远播。他兴建城邦,为世界带来福祉。官员、神职人员和学者都得以参与见证这个伟大的帝国。

2

国王丰功伟绩,拥有无上权力,并无拘无束地尽情恣意。在戎牙路、谏义里等地区遍选美女,送进宫里以供享乐。

3

整个爪哇世界在王权下一统江山。万千居民聚集,犹如军队围城。万千岛屿犹如王国的城郊,不断出产食物。树木繁茂的山林皆为国王游玩的园囿。

4

每年雨季结束，国王便会到皇城东部的加朗吉里地区的南郊游玩，因为那里举行黎明迎接仪式，常年人来人往，熙熙攘攘。国王还喜欢去卫威、皮卡单、五陵等地游玩。①

5

有时，他会前往帕拉②朝拜山神，随后到巴利塔③、基努④、希勒里⑤欣赏山川美景。到答哈尤喜就去伯拉曼⑥、古婺⑦、林加⑧，一直到巴林⑨城郊。如果到了谏义里属地，他就在苏腊巴亚⑩暂歇，然后前往布温⑪。

6

塞伽历1275年（公元1353年），国王带着众多随从游览帕章。

---

① 本节的地名原文依次为 Jalagiri, Wewe, Pikatan, Candi lima。
② Palah，东爪哇一处著名的神庙，在满者伯夷时期有重要地位。在巴利塔（Blitar）附近的潘纳塔兰（Penataran）陵庙附近。
③ 原文为 Blitar (Balitar)。
④ 原文为 Jinur (Jimur)。
⑤ 原文为 Silahrit。
⑥ 原文为 Polaman。
⑦ 原文为 Kuwu。
⑧ 原文为 Lingga，英文译本为 Linggamarabangun。
⑨ 原文为 Bangin。
⑩ 原文为 Surabaya，即今印度尼西亚泗水。
⑪ 原文为 Buwun，以上均是中爪哇王国直属地所辖村舍名。

塞伽历1276年（公元1354年），国王游览拉森，穿过苏门答腊海滩。塞伽历1279年（公元1357年），国王穿越洛德雅、德都、希德曼①，抵达南部海边，尽情享受风光。

7

塞伽历1281年（公元1359年），正值月圆时节，国王带着爪哇诸王、王后乘着车马巡游全国，去往卢马姜②。文武百官、神职人员、宫廷诗人皆为陪行人员。

8

其中有笔名为普腊班扎者。他是诗人之子，好赋诗，也是国王的御用文人，诗颂爱好者。他被国王任命为佛教统领，继承其父位置。其父人品高洁，为佛教信徒所尊敬。

9

诗人幼时即侍奉国王，他谨小慎微，鲜有过错，深得国王喜爱。他得以随同国王游玩队伍，欣赏自然风光，写就此诗歌。因此他将沿途所经各地记录下来。

---

① 原文分别为 Lodaya, Tetu, Sideman。
② Lumajang (Lamajang)，位于爪哇岛东部海岸，今印度尼西亚东爪哇省区域内。

10

途经杰班①，但见破损寺庙，残损石碑。德布往东，依次经过潘达瓦、达鲁旺、伯巴拉、坎奇拉纳庞卡加、古提哈吉庞卡加等地。②潘奇拉克、曼达拉、彭京、基岸、古武哈尼亚③等寺院位于道路边上。

11

接着探访潘查萨拉神庙④，之后留宿卡布隆安⑤。随后诗人又分别在瓦鲁、诃陵、提拉⑥留宿，三地相距不远。根据法典，这些地方本是萨拉亚寺庙⑦属地，却落入他手，让诗人思绪万千。

---

① Japan，据 Gamal Komandoko 所著 The True History of Majapahit (DIVA Press, 2009, p.138)，该地位于卡地里（Kadiri）以北，布兰塔斯河东部。

② 本句中的地名原文依次为：Tebu, Hutan Pandawa, Daluwang, Bebala, Kanci Ratnapangkaja, Kuti Haji Pangkaja。

③ 原文为 Panjrak, Mandala, Pongging, Jingan, Kuwu Hanyar。

④ 原文为 Pancasara。

⑤ 原文为 Kapulungan，该地不详。

⑥ 原文分别为 Waru, Hering, Tira。

⑦ 原文为 Asrama Saraya。

第十八章

1

　　国王从卡布隆安启程时，一路车骑随从无数。队伍首尾绵延很长，比肩接踵，牛车拥挤，中有卫队步行跟随，行人和马匹、大象一起，浩浩荡荡前进。

2

　　车辇数目数不胜数，但其纹饰各不相同。此外，队伍也有细分，因为每个官员有各自的标志。亲王[①]贵爵[②]，乃国家股肱之臣，他们乘坐的数百马车上有几十种不同标记。

3

　　帕章女王的车辇纹以太阳。拉森女王的车辇饰以白野牛。答哈女王车辇饰以铁力木花。济瓦纳之王的车辇花纹尤胜，印有大量的

---

① Amangkubumi，也作 Mangkubumi，亲王之意。
② Rakrian，满者伯夷时期一种贵族头衔。

罗亨·列威[1]。

4

国王车驾不胜其数，以木橘花[2]为纹饰，檐篷以红色罗亨·列威为装饰。一位首领护送着国王的嫔妃们，为首的是王后，下级官员女眷队伍自成队列，以马车为先锋。

5

装饰以黄金珠宝的国王车驾位于队伍最后方，车舆轿辇，冠盖相望，来自查格拉、卡地里和色打邦拉朗[3]的卫队列队护送国王。此外，还有大量负责马匹象群的仆人跟随。

6

清晨，到达班竹兰孟固[4]，国王意欲在此歇息。诗人趁机赴萨武岸[5]探访亲友。日落之时，方再出发，正好赶上路过的国王一行。队伍往东行进，不久抵达瓦图基肯[6]，随后在玛坦绒[7]停留休息。

---

[1] 原文为 Lobheng lewih。
[2] Maja，学名 Aegle marmelos，芸香科，木橘属。是满者伯夷（Majapahit）国名的由来。Maja 果实苦涩，pahit 则为苦涩之意。英文译本谓"以贝尔（Bael）为饰"，Bael 或为印度一种特殊水果，但在东南亚十分盛产。
[3] 原文为 Jangala, Kadiri, Sedah Panglarang。
[4] 原文为 Pancuran Mungkur。
[5] 原文为 Sewungan。
[6] 原文为 Watu Kiken。
[7] 原文为 Matanjung。

7

僻静的佛教村庄沿途分布,那里树木稀疏。这些村庄包括葛朗干、巴东、巴绒博,[1]以及笃信三乘教义[2]的鄂玛尼[3]。当地为巡游队伍献上各种美味佳肴。

8

国王到达古鲁尔、巴唐和加岸阿萨姆[4]后,天色昏暗,日暮西沉。国王下令,安营扎寨于田野。享用食物后,众人各自散回住处。[5]

---

[1] 原文分别为 Gelanggang, Badung, Barungbung。
[2] 佛教所说的"三乘",即三种交通工具,比喻运载众生渡越生死到涅槃彼岸之三种法门。此处代指佛教。
[3] 原文为 Ermanik。
[4] 原文分别为 Kulur, Batang, Gangan Asem。
[5] 本章印尼文译本共3节,而英文译本共8节。

第十九章

1

次日早晨，国王启程前往巴亚朗果①，并停留了三晚。随后途经卡唐②、戈东达瓦③、莱姆④，接着前往拉波斯、泰乌斯⑤，沿着柔软的沙地到勃加拉⑥寺庙。之后，队伍向汉布鲁领地⑦内的达达谱⑧行进。

2

沿途有一著名佛教圣地，名为玛达卡里补罗⑨。这是国王

---

① Bhayalango，位于谏义里。
② Katang，位于东爪哇海岸地带。
③ Kedung Dawa，位于东爪哇巴苏鲁安（Pasuruan）北部，波龙河（Sungai Porong）南岸。
④ 原文为 Rame。
⑤ 原文分别为 Lampes，Times，以上地名为巴亚朗果辖地内村社名称。
⑥ 原文为 Pogara。
⑦ 印尼文译本为 Beringin Tiga，英文译本为 Mandala of Hambulu Traya。
⑧ 原文为 Dadap。
⑨ Madakaripura，意为卡查·玛达圣地，1355年国王赐予卡查·玛达，领地在巴苏鲁安和帕腊巴林加（Probolinggo）之间。

赐给卡查·玛达的土地，布局齐整美观。国王在此设立华丽行宫。途经特拉松盖①时，国王在卡帕汗②沐浴，并在神圣的浴场敬拜。

---

① 原文为 Trasungay。
② 原文为 Capahan。

第二十章

1

到了佛教之地,寺庙周围领地如卡布、沙达、维西赛亚、伊萨那巴吉拉、甘登、播荷、加巴罕、喀兰皮丹、兰邦、谷蓝、班查维波当[1]的居民纷纷恭迎圣驾,同时进献美食。

2

此外,还有拉娜邦卡加[2]寺院所辖的冬吉利斯、巴倍也曼[3]佛教村庄。这是第十一个佛教属地,他们被确认为"古武"[4]层级地位,他们的特权是观看一个节日[5]庆典,这在从前就已经有之。[6]

---

[1] 本句中的地名原文依次为:Gapuk, Sada, Wisisaya, Isanabajra, Ganten, Poh, Capahan, Kalampitan, Lambang, Kuran, Pancar We Petang。
[2] 原文为 Ratnapangkaja。
[3] 原文分别为:Tunggilis, Pabayeman。
[4] 原文为 Kuwu。
[5] 英文原文为 the Eighth,不详其为何种节日。
[6] 此节根据英文译本翻译,印尼文译本和英文译本差异较大。

第二十一章

1

　　黎明破晓，国王队伍启程，继续行进，经过洛潘达、拉奴阿库宁、巴列拉、巴鲁巴勒、达维汉、卡巴野曼、特拉帕、巴热米、沙邦、卡沙杜兰，直奔巴维主安。①

2

　　队伍穿过巴伯伦庭和帕萨瓦汗谷地，越过水田，奔向加拉迪帕、帕达利、安鹏、巴库兰、巴亚曼和特帕萨纳。到达海边的伦邦和卡美拉汗。②

---

　　① 本节出现的地名原文依次为：Lo Pandak, Ranu Akuning, Balerah, Bare-bare (Baru-tiara), Dawohan (Dawehan), Kapayeman, Telpak (Telepak), Baremi, Sapang, Kasaduran, Pawijungan。
　　② 本节出现的地名原文依次为：Babo Runting, Pasawahan, Jaladipa (Jaladi), Padali, Ambon, Panggulan, Payaman, Tepasana, Rembang, Kamirahan。以上皆是国王自中爪哇至东爪哇巡游途中经过的村社。此节印尼文译本和英文译本略有差异，依英文译本译出。

第二十二章

1

在达帕尔和巴顿琼安①,国王休闲漫步于海滩边。向东行进是沙滩地,沙地无比坚硬,可容车辆在上面行驶。国王在开满了荷花与莲花的湖边停留,湖水清澈见底,鱼虾欢快嬉戏。

2

湖水魅力无比,蜿蜒流入大海。车队自此离开,奔向隐藏于路边的卫迪和坤都②。正如巴顿琼安一样,帕拉查③佛寺早前属于塔拉瓦加④,但是因为战争,仍未回归王国统治。

3

穿过这些地方,沿着海边森林一路往东。经停巴伦渤,日落后

---

① 原文分别为:Dampar, Patunjungan。
② 原文分别为:Wedi, Guntur。
③ 原文为 Bajraka。
④ 原文为 Taladwaja。

继续前进。越过河水刚退的拉布拉旺河,进入巴拉特领地,国王在海边留宿。①

4

翌日黎明时分,国王前往库尼、巴西尼,在沙登城停留过夜。连续数日,国王沉浸在沙拉布宛之地的美景之中。离开后前往巴错城,并在那里的海滩游乐。他被巨浪吞没岩石的景观深深吸引。②

5

诗人并未跟随国王游览巴错城。他从沙登取道往北经巴隆,直达墩布和哈贝特。之后,经过加拉加和单巴陵,在勒尼斯休息,并等待与国王会合。最终,诗人与从加亚柯特到瓦纳基亚的国王队伍相遇。③

---

① 本节中出现的地名原文依次为:Palumbon, Rabutlawang, Balater。
② 本节中出现的地名原文依次为:Kunir, Basini, Sadeng, Sarampwan, Kuta Bacok。
③ 本节中出现的地名原文依次为:Kuta Bacok, Sadeng, Balung, Tumbu, Habet, Galagah, Tampaling, Renes, Jayakreta(Jayakrta), Wanagriya。

第二十三章

1

　　国王队伍途经本通、布鲁汉、八杰克、帕基沙基，班当岸到达色降，穿过加提昆拉、希拉巴，往北到达戴瓦拉姆和杜坤。①

2

　　接着他前往巴根巴南并在此留宿。次日启程到达达雅领地入口——塔芒西，随后穿越领地，到达达勒姆峡谷。②

3

　　沿海往北之路，狭窄崎岖，又恰逢天降大雨，更添陡滑，一些车辆出现松动，相互发生了碰撞。

---

　① 本节中出现的地名原文依次为：Bentong, Puruhan, Bacek, Pakisaji (Pakis Haji), Padangan, Secang, Jati Gumelar, Silabango, Dewa Rame, Dukun。
　② 本节中出现的地名原文依次为：Pakembangan, Daya, Tamangsil, Dalem。

第二十四章

1

尽管如此，队伍还是渡过了一段美好的时光：车队穿越巴拉杨安时，非常顺畅。在本贡，他们俯瞰了即将过夜之地，便又直奔萨拉那。一些先头队伍已经迅速抵达了苏腊巴萨。

2

日落时分，昏暗的天空给队伍到达拉浪造成了些许障碍。停经一座寺庙稍作休息之时，牛马已疲惫不堪，不愿前行。旅途继续往北，队伍穿过杜拉延，急切赶往巴图卡岸。①

---

① 本章一、二节出现的地名原文依次为：Palayangan, Bengkong, Sarana, Surabasa (Surabha), Lalang (Alang-Alang), Turayan, Patukangan。以上地名为沿途村社名，现址已难考。

第二十五章

1

如若尽诉随从大臣仆人的情形则略显冗长。却说国王一行已达巴图卡岸城郊。西部海边又宽又平,密密麻麻地种植着棕榈树。此处位于队伍营地的北面,国王就住在这里。

2

所有区域外的官员都齐聚于营地,其中包括帕桑古汗、旺萨[1]的首领,无可非议的乌帕帕迪·当·阿查亚·乌达玛[2],以及熟读经文和诗书的湿婆教、佛教领袖,他们皆来朝见。

---

[1] 原文分别为:Pasangguhan, Wangsadiraja。
[2] 原文为 Upapati Dang Acayya Utama。

第二十六章

1

以苏腊地卡拉①为首的大臣们为国王举行了欢迎仪式。巴图卡岸属地的人们纷纷前来朝见国王。臣子们争相贡献礼物，国王龙心大悦，赐予诸臣布匹。一时君臣同乐，沉浸在欢乐的海洋。

2

有一个从岬角伸入大海的码头式的建筑，各式各样的竹房成排铺展，远看像一座岛屿。通往其中的道路若隐若现，似乎随着波浪的移动而摇曳。这是官员们为迎接国王的到来而专门兴建的巨大工程。

---

① Suradhikara，官至天猛公（Tumenggung），比宰相（Demung）等级略低，也是王国重臣。

第二十七章

1

在此，国王得以避热消暑。国王和王后在一起，宛如天神与女神并肩。见到他们的人感到无比圣洁与惊奇。①

2

国王为当地居民创造了多种多样的娱乐活动，譬如面具舞、搏击、摔跤，令人称奇。军事演习常常令国王振奋，其他旁观者也瞠目结舌。国王简直是畅游世界的天神。②

---

① 此节印尼文译本和英文译本有差异，根据印尼文译本进行汉译。
② 此节综合印尼文译本和英文译本进行汉译。

第二十八章

1

国王在巴图卡岸游玩期间,来自巴厘、马都拉、巴伦布岸①、阿登兰②等外岛及整个东爪哇的大臣们齐聚于此,以表忠诚。

2

大臣们竞相进献猪、牛、羊、狗、鸡和布匹。贡品堆积如山,令人叹为观止。

3

次日清晨,国王由众诗人陪同,向百姓们布施财物,民众欢欣鼓舞,盛赞国王。

---

① 原文为 Balumbungan。
② 原文为 Andelan。

第二十九章

1

只有一位名为普腊班扎的诗人莫名感伤,在怀念一位逝去的佛教诗人幡旗·克尔塔查亚[①]。他是诗人艺术上的知音,诗人很珍视他已有的文学作品。其尚在创作杰作之时,却被召回天堂了。[②]

2

我以为他仍然健在,能带我四处游玩,寻找创作灵感,同时留下一些诗句。有一次他病得很重,但又康复了。错误的是,人们对这种疾病过于轻视。当我来到此地时,他已逝去,令我无比悲痛。

[①] Panji Kertajaya,幡旗指满者伯夷时期王国分封辖地的领主,类似于藩王。
[②] 此节结合印尼文译本和英文译本进行汉译。

3

这便是我匆忙启程前往戈达城的原因。经过布加坦的达东加、哈拉朗、帕加兰、到达托亚卢、瓦蓝定,我们随后在特拉帕斯过夜。晨起,我们又前往阿邦,之后很快抵达戈达。[①]

---

① 本节中的地名原文依次为:Keta, Bungatan, Tal Tunggal, Halalang-panjang (Dawa), Pacaran, Toya Rungun, Walanding (Walandingan), Terapas (Tarapas), Lemah Abang (Bang),皆为沿途村社名。

第三十章

1

国王向西出发,再次与诗人相遇。他在戈达城内停留了五晚。逗留期间,他饱览海边风光,又遇到一个码头。国王仍然不忘施舍,与民同乐。

2

戈达的文武百官、宗教首领皆前来觐见国王。百姓亦欣欣然不请自来,他们贡献美食,并获得国王赏赐华服。

第三十一章

1

离开戈达城，国王队伍的随行人员有所增加。队伍穿过巴奴海宁，到达散波拉；又经过达勒曼奔向瓦瓦鲁、戈邦、戈兰，到达卡拉尤，在此举行皇家祭祀仪式。①

2

卡拉尤是佛教信徒的一个领地。此处供奉着一位显赫的皇亲贵族。祭祀仪式隆重而神圣。

3

仪式严格按照程序进行。从享用丰盛的美食开始。众人跟随国王前往大殿，鼓声伴随着舞蹈动作，响彻大殿。

---

① 本句中的地名原文依次为：Banyu Hening (Banu Hening), Sampora, Daleman, Wawaru, (Binor) Gerbang (Gebang Kerep), Krebilan（Gelam）, Kalayu。

4

仪式结束后，国王四处游玩，遍行四周村庄。数个夜晚皆有竞技娱乐活动，莺歌燕舞，无数美人相伴。

5

离开卡拉尤之后前往古都安。途经格宛阿梗，到达甘巴拉威，国王在此留宿。此处是国王赐予天猛公[1]的封地，这里佛塔浮屠高耸入云，造型华美。[2]

6

甘巴拉威首领的贡品极其丰盛精美。国王享用美食之后，次日启程前往海勒斯、巴朗、巴顿琼安，穿过巴登德南、达如和拉森。[3]

---

[1] 英文译本为 Apatih Pulvala。
[2] 本节中的地名原文依次为：Kalayu, Kutugan, Kebun Agung (Kebwan Ageng), Kambangrawi。
[3] 本句中的地名原文依次为：Halses, Barang, Patunjungan, Patentanan, Tarub, Lesan。

第三十二章

1

很快，国王一行到达帕加拉坎[1]，并在那停留了四日。队伍在佛寺旁边的草地上安营扎帐。苏加诺达玛[2]带领众臣前来朝觐，他们向国王贡献茶点和食物，国王也回赏了钱财。

2

随后，国王前往萨加拉[3]森林寺庙。向南部爬山而行，穿越布鲁[4]运河，经过戈德[5]区，很快抵达了森林寺庙。它坐落于森林中央的独特位置，建筑布局令人叹为观止。

3

沉浸在万千思绪中的诗人并未经常陪伴国王左右，而是尽情徜

---

[1] 原文为 Pajarakan。
[2] 原文为 Sujanottama，英文译本为 Arya Sujana。
[3] 原文为 Segera (Sagara)。
[4] 原文为 Puluh。
[5] 原文为 Gede。

徉于美景之中，无视文武百官，忘却尘世忧伤，在成排整齐的宫殿中游览。

4

诗人来到一个阶梯花园前，只见凉亭边上花开正盛，他愉悦地颂读着刻在墙壁上的格卡温体诗文。所有建筑上都刻着诗歌和作者的名字，但每首诗末尾的五个字母都被故意隐去，颇值得玩味。

5

巴瓦-兰殿[1]阁楼上刻满壁画，以光滑高大的石头为底座。庭院四周纳加库苏玛花[2]盛开，并以巴豆、金木等乔木为栏。象牙椰低矮悬垂，布满的果实位于角落，益然美丽。

6

森林寺庙华美奇丽，宛如步入幻境，语言无法尽述。它的内外布局都很精妙，屋顶都是用棕榈纤维做的。所有僧侣尼姑，无论长幼，皆聪颖智慧，品行高洁，犹如湿婆神之光再现。

---

[1] 原文为 Bwat-ranten。
[2] Nagakusuma，也作 Nagakesara，学名 Mesua ferrea Linn，藤黄科，铁力木属植物。爪哇人认为这种树富有神力。

第三十三章

1

国王游览了这个寺庙,游览时,受到了在位住持的热情接待。住持把美食珍馐进献给国王,国王则回馈以财宝,众人皆乐。

2

国王与众僧敞开心扉,畅谈宗教要义。他们散步欢谈于园中,信男信女们惊喜而望。

3

国王欣赏完风景后,向苦行者告别返程。当他离开之时,臣民爱戴的目光一直追随。年轻漂亮的女信徒们也陷入了迷思:定然是爱神下凡,乱我心智。

第三十四章

1

国王离开,徒留寺庙,万物皆哀。竹叶摇摆,仿佛闭目忧伤,桐叶呜咽。但国王的行进继续。原鸡悲鸣,鸟儿垂泪。

2

下坡的车辆疾驰,穿过无数房屋和街道,很快抵达阿尔亚①领地,国王在此停留一晚。次日清晨向北行进,抵达象牙城郊②。

3

辛加迪卡拉③带领着诸外邦大臣和湿婆教、佛教信徒们一起贡献美食,恭迎圣驾。国王欣然回赐以黄金布匹。

---

① 原文为 Arya。
② 原文为 Gending。
③ 原文为 Singhadhikara。

4

  停留了些许时日,他游遍整个地区。尔后沿着乐佳维河①行进,经过苏曼丁、波朗、巴格、巴勒米,②一路向西。

---

① Loh Gaway,中爪哇地区的一条重要河流。
② 此处的地名原文为 Sumanding, Borang, Banger, Baremi。

第三十五章

1

到达巴苏鲁安之后,队伍取道向南,奔向卡巴纳南①。车队沿着安多瓦旺的大路行进,到达戈东湾和汉巴②——这是一些已经被遗忘的皇家村落。国王旋即到达新柯沙里城,并在城中大殿留宿。

2

诗人普腊班扎留在巴苏鲁安城西独自游玩。他步入村社尽头的达巴鲁寺庙。诗人游览庙宇,并询问住持寺庙情形。住持让他查阅相关文字记载,让他有更清晰的了解。

3

文献记载:赫比特之土地、山谷和丘陵都属于寺庙;巴隆古之地,一半的玛卡曼封地和稻田亦属于寺庙;乌戎之地则更多。文献

---

① 原文为 Kepanjangan (Kapanangan)。
② 本句中的地名原文依次为:Andoh Wawang, Kedung Peluk, Hambal。

的内容激起了诗人远离城邦、摆脱俗务的愿望,由于不再像从前那样生活,他日益窘迫,将要在达巴鲁寻求庇护。①

4

诗人在寺庙接受招待之后匆匆离开,并不忘到新柯沙里大殿行朝拜之职。国王在举行献花仪式完毕后,尽情享乐,欣赏戈东必鲁、卡苏兰卡安和布仍②的美景。

---

① 本节出现的地名原文依次为:Hepit, Balungkur, Markaman, Hujung, Darbaru。
② 本句中的地名原文依次为:Kedung Biru, Kasurangganan, Bureng。

第三十六章

1

国王于吉时启程，向南前往卡根南甘①。与随从一同祭祀佛教塔銮。财宝、贡品、食物、鲜花跟着车队一路随行。前方有旗帜引导，同时伴有众人欢呼之声。

2

仪式结束后，国王由众人簇拥而出，佛教-印度教僧侣和贵族站于其边上。国王尽享盛宴，人们兴奋地接受国王赏赐的华丽布匹。

---

① 原文为 Kagenengan。

第三十七章

1

　　寺庙极其壮丽,其形无与伦比。大门宏伟宽敞,内外皆有高墙环绕,中庭有华屋成排于边上。栽满丹绒、纳加沙礼①等奇花异木。

2

　　精美佛塔位于正中,高耸入云,壮美如山,上供湿婆-佛陀雕像。山神是佛陀人间的化身,是国王祖先,为世间崇拜。

3

　　寺庙南部有一独立僻静小寺。围墙和寺门依然存在,应曾属佛教风格。内部西边台阶地板已破损,只留下东边部分。神龛和祭殿依然完好,高墙红砖围绕。

---

① Nagasari,学名雷德胶木(Palaquium rostratum),山榄科,胶木属。古代爪哇人认为此树有神力。

4

北部，房舍的地基已被夷平。铁力木①长满庭院，花草正发芽。门外膳房很高，但也废弃了。院内长满野草，路上青苔遍地。

5

楣石上的雕刻褪色而显苍白，如同病中之少女。松树被风吹得凌乱，象牙棕榈树皮渗出黄色液体，槟榔毫无生气地摇摆。竹衣已褪去，奄奄一息，一片衰败景象。

6

目睹此景，悲从中来，无力挽回，只等哈奄·武禄国王前来复苏万物。陛下是王中之王，宇宙的守护者，为苦难众生施以慈悲，乃现世真神。

7

回到讲述国王的旅程：次日清晨，国王游览基达②庙宇。礼佛之后启程前往查果③。祭拜佛像后，国王移驾行宫住所。早上，他返回新柯沙里城，之后很快抵达布仍。

---

① Nagapuspa，学名铁力木（Mesua ferrea L），藤黄科，铁力木属。与菩提树、高山榕、贝叶棕合称佛教四大圣树。
② Candi Kidal，爪哇著名陵庙之一。
③ Jajago (Jajahu)，皇祖母特里布瓦纳陵庙名。

第三十八章

1

　　布仍之地美不胜收，湖水清澈。围墙中有石砌佛塔，周有成排屋舍，奇花遍布。它是漂泊者的归宿，令人心旷神怡。

2

　　美景不言，且说国王行迹。烈日酷暑消退之后，陛下穿过高地。绿草厚实，青翠如茵，赏心悦目，远望如层层波浪。

3

　　国王一边欣赏美景，车辆一边疾驰，队伍很快到达新柯沙里城。国王随即入住行宫。诗人拜访佛寺及住持，住持同属皇室家族。

4

　　住持年事已高，仿佛年逾百岁。他忠诚、礼貌、出身皇家，血统高贵，高雅不俗，兢兢业业，行为堪为表率。

5

访客受到住持的热情问候和接待：啊！年轻人！你就是那位忠心侍奉国王，心怀苍生的大诗人！亲爱的朋友，这就像做梦一样！我能为您效劳吗？

6

客道来意：能否了解一些国王的祖先和神灵谱系，及被祭祀和供奉者的情况。就以卡根南甘神①开始吧，可否讲述一下山神之子的历史。

---

① Kagĕnĕngan，腊查沙陵庙名，在今玛琅附近西面的卡根南甘山上。

第三十九章

1

可敬的住持答道：你的问题颇为有趣，你让我很感动，诗人都有着一颗永远求知的心，赢得大家的称赞。

2

那就让我直接告诉你吧，以七道圣泉沐浴净化，以最崇高的敬意献给湿婆神，献给伟大的山神。希望我说的一切没有冒犯大神。

3

希望你们宽恕诗人。历史记录也许会有偏颇，但心怀对智者的敬意，美中的不足，应被宽恕。

第四十章

1

塞伽历1104年（公元1182年），一位骁勇善战的国王诞生了，他并非产自母腹，而是山神之子。万民归顺，匍匐崇拜。这位国王名为兰卡·腊查沙①，战无不胜。

2

卡威山②东部广阔富饶。这里是库塔腊查③所辖之地，人民饱受摧残。山神之子在此惩恶扬善，维护王国安宁。

3

塞伽历1144年（公元1222年），他与谏义里国王对决。克尔塔

---

① Rangga Rajasa, Rajasa 是 Raja Jasa 的简称，意为伟大功绩之王。此处指新柯沙里的建立者 Ken Arok，王号为 Sang Amurwabhumi。
② Gunung Kawi，卡威山以东即今日巴苏鲁安一带。
③ Kutaraja，意为王城，由腊查沙把杜马班改为库塔腊查，后又改名新柯沙里。

查亚①名声显赫，勇武过人，但是他对山神之子闻风丧胆，败下阵来，只身逃往帕尔斯瓦苏亚②寺庙藏身，导致全军覆没。

4

山神之子打败谏义里国王之后，整个爪哇大地震惊。所有王国纷纷贡献，以示臣服。他又把戎牙路和谏义里统一于一个神圣国王之下。于是伟大的国王即将一统爪哇。这个时候达布、古婓、竹如③等名称开始在人民之中流传，万民欣喜。

5

山神之子的势力愈发强大和稳固。保卫了臣服于他的爪哇岛安宁。塞伽历1149年（公元1227年），山神之子驾崩。被佛教徒、湿婆教徒供奉在卡根南甘山的陵庙里。

---

① Kretajaya，又被称为Dang-dang Kendis，谏义里最后一任国王。
② 原文为Parswasunya。
③ Dapur, Kuwu, Juru，新柯沙里王朝时期的著名城邦。

第四十一章

1

阿努沙帕提①，腊查沙之子。接管大权。统治期间，爪哇臣服，和平而强大。塞伽历1170年（公元1248年），阿努沙帕提驾崩。他的光辉形象被喻为湿婆神，供奉于基达尔②陵庙。

2

阿努沙帕提之子，毗湿奴瓦尔达纳③，接替王权，与纳腊辛加穆里④一道维护稳定。正如毗湿奴神与因陀罗神共治世界一样，他们击败了林加帕提⑤，保护了子民，令敌人闻风丧胆，可谓众神的化身。

---

① Bhatara Anusapati，实为义子，腊查沙夺取原藩王吞古尔·阿梅通之妻所生遗腹子。
② 原文为 Kidal。
③ Bhatara Wisnuwardhana，为兰加·伍尼（Rangga Wuni）王号。
④ Narasinghamurni，马希夏·占帕卡（Mahisha Campaka）尊号，意为"国王伙伴"。腊查沙与吞古尔·阿梅通之妻之孙。作为副王与毗湿奴瓦尔达纳一同执政。
⑤ Linggapati，爪哇一小国国王，其领地为旧时重迦罗国一部分，首府为马希比（Mahibit）。

3

塞伽历1176年（公元1254年），毗湿奴瓦尔达纳之子登基。戎牙路和谏义里万民同庆，相互祝福。新王名为克尔塔纳加腊[①]，他使库塔腊查地区愈发繁荣富庶，此处即为后来的新柯沙里城。

4

塞伽历1190年（公元1268年），毗湿奴瓦尔达纳大帝驾崩。他被在瓦列里[②]的湿婆教信徒所供奉，又在查果陵被佛教徒供奉。不久，纳腊辛加穆里也归天。后来被温克尔王子供奉，在库米提尔[③]被奉为湿婆神。

5

克尔塔纳加腊大帝扫除奸恶。加亚腊查[④]于塞伽历1192年（公元1270年）战败投降。塞伽历1197年（公元1275年），大帝欲征服末罗游[⑤]地区。折服于其神威，末罗游最终臣服。

---

① Kertanegara，毗湿奴瓦尔达纳的长子。
② 原文为Waleri。
③ 原文为Kumeper (Kumitir)。
④ 原文为Jayaraja。
⑤ Melayu，当时代指苏门答腊地区，位于今日的占碑和米南加保地区。

第四十二章

1

塞伽历1202年（公元1280年），大帝打败臭名昭著的恶人马希夏·朗卡①。塞伽历1206年（公元1284年），大帝进军并大败巴厘，其国王被俘。

2

其他地区纷纷前来投靠大帝，寻求庇佑。整个彭亨②、末罗游地区臣服于大帝，新拖③、马都拉已被爪哇统一自不必说，掘伦、巴库拉普腊④也请求大帝庇佑。

---

① Mahisa Rangga，马希夏是谏义里时代水牛部族首领的尊称。
② Pahang，位于马来半岛东海岸。
③ Sunda，即巽他。
④ Bakulapura，在加里曼丹西南部，也称丹戎武罗（Tanjungpura），位于今印度尼西亚坤甸区域。

3

大帝勤政不懈，聪明睿智，深谙卡利时代①人世统治规律，推崇佛教，沿袭先人制度，维护天下稳固。

---

① Zaman Kali，也作 Kaliyuga。根据苏利耶历法（Surya Siddhanta），把时间分为四个时代，即达瓦帕拉时代（Dwaparayuga）、特里塔时代（Tretayuga）、萨提亚时代（Satyayuga）、卡利时代（Kaliyuga）。卡利时代开始于公元前3102年，持续43.2万年，被印度教徒认为是奎师那返回上天的时代，充满斗争与纷乱，也是大帝认为的现人类所处时代。

第四十三章

1

据经文所载,潘达瓦[1]王从达瓦帕拉时代开始统治,于塞伽历前3179年(公元前3257年)殡天。国王的驾崩使得昏暗的卡利时代来临。只有深谙佛法的国王才能拯救世界。

2

这就是大帝笃信佛法的原因,他创立并坚守佛教五戒[2],他被奉为耆那——广为人知的耆那神[3]。大帝研习经书,擅思辨,通教义,精语言。

---

[1] Pandawa 或 Pandava,印度史诗《摩诃婆罗多》中般度(Pandu)王的五个儿子之一。

[2] Pancasila,"panca"意为五,"sila"意为准则。佛教五戒,即不杀生、不偷盗、不淫邪、不妄语、不饮酒。

[3] 原文为 Sri Jnyanabadreswara (Jnanabajreswara)。

3

随着年龄的增长,他坚持举行各种深奥的仪式,当然,这主要是他守护和信奉须菩提宗①。为了天下太平,他常行法会、修习瑜伽和坚持冥思。

4

他是伟大的帝王,前无古人,他深谙制敌谋略,精通经文并擅运用。他品德高尚,笃信佛教,勤修政务。于是子孙效仿,世代为贤王。

5

塞伽历1214年(公元1292年),大帝重归极乐世界。由于其生前精通佛法教义,被人称为"佛法界之王"。其陵墓中,有巨大湿婆–佛陀雕像。

6

在萨加拉,他被奉为耆那神膜拜,其雕像极其壮观。此外,在这不断繁荣的世界,半女世尊②和班查拉迪威③神像总是在仪式中一

---

① 原文为 Subhuti Tantra。
② Ardanareswari,是湿婆和他的妻子帕尔瓦蒂的合体,半男半女,或称为半女世尊。
③ Sri Bajradewi,是1272—1292年在位的新柯沙里王朝第五位国王。

起出现——他们总是通过大日如来①和卢舍那佛②的雕像表现自我，闻名于世。

---

① Wairocana，毗卢遮那又称大日如来，密宗法系中是最高身位的如来。
② Locana，卢舍那佛又名报身佛，原义为智慧广大，光明普照。

第四十四章

1

大帝归天之后，王国陷入恐惧、悲伤和动荡之中，犹如重返卡利乱世。属国中有一名为查亚卡旺①的国王，他恶行累累，善于阴谋，意图谋取谏义里的统治权。

2

塞伽历1144年（公元1222）年，克尔塔查亚②国王之后，查亚沙巴③受命为王。塞伽历1180年（公元1258年），萨斯特腊查亚④成为谏义里国王。塞伽历1193年（公元1271年），查亚卡旺最终为王。⑤

---

① Jayakatwang，即《元史》中的葛朗主。
② Kertajaya，在《爪哇诸王志》里被称为当当·肯迪斯（Dangdang Kendis），谏义里最后一任国王，为腊查沙所灭。
③ Jayasabha，腊查沙接收谏义里王国政权之后，选择前王氏族的一名成员查亚沙巴，封为藩王。
④ Sastrajaya，查亚沙巴的继任者。
⑤ 这节完整交代了谏义里被腊查沙收服后作为新柯沙里藩国的政权更迭情况。

3

所有藩王效忠于山神后代,整个岛屿臣服于克尔塔纳加腊,但国王去逝后谏义里王查亚卡旺无视之并反叛之。在卡利乱世保护世界颇为困难,很显然,世界安宁不会长久。

4

冥冥之中,佛法天道注定。世界又被大帝后人挽救,重归和平——他就是国王的女婿,闻名寰宇的威查亚①,他驱赶蒙古人②,消灭查亚卡旺。

---

① Wijaya,即克尔塔·腊查沙(Kertarajasa),满者伯夷王朝的建立者。
② Tartar,译为"鞑靼人"(蒙古人或突厥人),此处指元朝蒙古人。1293年忽必烈命大军出兵爪哇,威查亚先与之合作,消灭查亚卡旺后,又设计击退蒙古军队。

第四十五章

1

查亚卡旺被消灭后,天下重获太平。塞伽历1216年(公元1294年),威查亚在满者伯夷称王,他仁慈爱民,宽恕敌人,史称克尔塔·腊查沙王[①]。

2

克尔塔·腊查沙登基之后,爪哇大地皆臣服于他,他的四个妻子——先王[②]的每个女儿都美若天仙。

[①] Sri Narapati Kretarajasa Jayawardana,威查亚(Wijaya)的王号。
[②] 指克尔塔纳加腊(Kertanagara)。

第四十六章

1

大公主名为特里布瓦纳①,貌美绝伦。二公主名为达雅·度希塔②,被封号马哈黛维③,美艳无双。三公主普腊基亚巴拉米塔④,被封为加亚德腊·黛维⑤。最小公主也最受宠爱,名为达雅·格雅特立⑥,被封为腊查帕特尼。

2

国王的婚姻属于三代姻亲。毗湿奴瓦尔达纳和纳腊辛加穆里为第一代联姻。纳腊辛加穆里诞下达雅·冷布⑦,他骁勇善战,在美棱⑧的佛寺中被奉为神。

---

① 原文为 Tribhuwana。
② 原文为 Dyah Duhita。
③ Mahadewi,此名比较为人所熟知,意为大女神。
④ 原文为 Prajnyaparamita。
⑤ 原文为 Jayendra Dewi。
⑥ 原文为 Dyah Gayatri。
⑦ 原文为 Dyah Lembu。
⑧ 原文为 Mireng。

第四十七章

1

达雅·冷布是国王的父亲。国王是王后的表弟,同心同德,以此为纽带,所有人都遵从国王的命令,天下由此太平。

2

塞伽历1217年(公元1295年),国王封其子为谏义里之王,王子的母亲是因特烈斯瓦里①。英勇、睿智、机敏的王子,又被称为查亚纳加腊王子。

3

塞伽历1231年(公元1309年),国王逝世,他被奉为耆那神,安葬于安塔布拉②,在新平③被供为湿婆神。

---

① 原文为 Sri Zndreswar。
② 原文为 Antahpura。
③ Simping,该地不详。

第四十八章

1

先王离去,留下查亚纳加腊①为满者伯夷之王,以及王后腊查帕特尼生下的两个公主,她们貌美如仙。长公主成为济瓦纳女王②,小公主成为答哈女王③。

2

塞伽历1238年(公元1316年),查亚纳加腊前往卢马姜平定敌人。南比④被灭族,帕加拉坎城被毁,世界被英勇的国王震慑。

---

① Jayanagara,名为Raden Kara Gamet,被封谏义里王,为克尔塔·腊查沙侧室末罗游公主达腊·帕塔(Dara Petak)所生。

② 指特里布瓦纳。

③ 指腊查黛维·马哈腊查沙。

④ Nambi,克尔塔纳加腊(Kertanagara)时期宫廷大官阿尔亚·威腊腊查(Arya Wiraraja)之子,威腊腊查联合查亚卡旺对克尔塔纳加腊发动宫廷政变,南比陪同克尔塔·腊查沙流亡,后在其子查亚纳加腊时发动叛乱。

3

　　塞伽历1250年（公元1328年），查亚纳加腊归天。他被供奉于宫殿，以毗湿奴为雕像。在希拉贝塔和布巴特[①]，他被塑为毗湿奴最高形象的化身。在苏卡里拉[②]，他被佛教徒奉为佛陀化身。

---

① 原文分别为Sila Petak 和Bubat，印度教徒封地内陵寝名。
② 原文为Sukhalila。

第四十九章

1

塞伽历1251年（公元1329年），济瓦纳女王特里布瓦纳与新柯沙里之王登基，统治满者伯夷。

2

受命于无上神圣之女王母亲——腊查帕特尼。他们应就是世界的吉祥领袖，其子孙未来也将成为国王或王后。正是她使他们成为统治者，并监督他们的一切事务。

3

塞伽历1253年（公元1331年），消灭沙登①和克尔塔②的敌人，登基后，由名为卡查·玛达的英明宰相辅政。

---

① Sadeng，位于爪哇东角勿苏基州沙登山区，在普加尔库仑南海岸附近。
② Kerta，位于勿苏基州北海岸附近。

4

塞伽历1265年（公元1343年），国王率军摧毁恶名昭彰的巴厘王势力。各类作恶之人甚为害怕，仓皇而逃。

5

正如圣人腊桑萨[①]所言——这位智者的肺腑之言，这是当之无愧的国王，因为他是神的后裔，神的化身。

6

无论谁听闻国王威名，都心生敬仰。忌惮谨慎，不敢行恶。痛苦、疾病等皆被消灭。

7

可敬的住持谦逊地说道：我所言到此为止，诗人，愿你有所收获，增益你的创作。

8

诚挚的款待结束后，诗人告辞，回到新柯沙里。夜幕降临，他在营地过夜。次日清晨前往朝见国王。

---

① 原文为 Dang Acarya Ratnangsa。

第五十章

1

且说国王巡猎。出动车马兵器不胜其数,军队浩浩荡荡前往楠达瓦[①]森林而去,那里丛林茂密,藤蔓野草遍地。

2

狩猎队伍形成合围之势,战车紧密陈列布阵,林惊鸟散,猿猴骇然。

3

士卫们四处放火,呼声震天,犹如大海咆哮。又如阿耆尼神[②]焚烧肯达瓦[③]林。

---

① 原文为 Nadawa (Nandaka)。
② Agni,印度教火神。
③ Kandawa,位于今印度瓦拉纳西,印度教传说中说烧了此林雨神便降甘霖,火神遂烧毁此林。

4

动物四下逃窜,争先恐后,盲目奔跑,欲寻找安全地带,却正入包围。

5

猎物垒如城堡,多如牛毛,有野猪、吠鹿、野牛、水牛、豪猪、麝鹿、鼺蜥、猴子、野猫、犀牛等。

6

国王捕尽林中动物,万物皆对他的英武无所抵抗;国王仿佛成了百兽之王,豺狼都前来听从号令。

第五十一章

1

试问百兽之王：国王已深入森林，有何对策？坐以待毙还是逃之夭夭？或是如螃蟹般奋起抵抗，至死不退？

2

仿佛这也是狼对森林之王的建言，麋鹿、黑羚羊、羌鹿、麝鹿异口同声地回答：除了逃跑寻找安全的藏身之所，别无他法。

3

野牛、水牛、公牛、野狗一同说道：苍天啊！这些该死的鹿，实在是低等动物，逃跑或者等死都不是英雄所为，反抗才有生存的希望。

4

百兽之王狮子回答道：双方都言之有理，但需要区分情况对待。如果面对恶人，每个人的反应是显而易见的，无论是逃跑还是抵抗，都因为没人愿意白白送死。

5

但如果是湿婆、佛陀或仙人[①]，我们当然应该跟随为信徒。现国王围猎，我们只能坐等死亡，由不得尔等贪生不愿献出生命。

6

只因无上权力的国王是一切生命的终结者，作为湿婆神化身纳帕迪[②]的后人受命为王，死于其手，罪孽得以消除，尤胜投湖自尽。

7

如果每个人都一样折磨我们，那么世上岂非都是敌人？我惧怕三界轮回，所以不如远离。我希望如果见到国王，便献出生命。能死于其手，不再为禽兽。

---

① Rsis，梵文 rṣi，是印度有远见的思想家或先知。它也可以算是精神领袖中的一个头衔，伟大的先知，或为伟大的人。

② 印尼文译本为 Narpat，英文译本为 Giripati。

第五十二章

1

仿佛受到命令而"聚集"一般,当军队和步兵靠近来围猎的时候,动物们如闻号角,纷纷臣服,但有角的动物,都掉头逃跑了。

2

再说骑兵猎队,遇到正在慌忙聚集的野猪群,它们十分可怜!许多母猪被猎,留下幼崽无助挣扎。

3

野猪扬蹄欲走。三五成群,强壮、高大、凶猛、愤怒,双眼通红,大声咆哮,利牙如刃。

4

上前攻击的猎犬被杀死。有的士兵肋骨断了,有的脖子快要被割掉。总想再制服对方,搏斗中各有损伤。这冲突就像一场战斗,激烈而混乱。①

---

① 本章印尼文译本为3节,英文译本为4节。

第五十三章

1

狩猎队伍追逐着羚羊、麋鹿,人和动物的喊叫声四起。其中有一只动物被向前驱赶,身体被钩子钩住,疲惫不堪。逃跑时,大腿被猛击了一下,血流如注。另外一只动物的大腿也被痛击,身体受伤,摔倒在地。

2

队伍持矛戟围猎归来。散落的野鹿尸体堆积成山。有角的动物返回战场,野牛们带领着这群凶猛的野兽发起袭击。国王的军队惊慌失措,溃不成军。他们在猛烈的攻击下,损失惨重。

3

有的躲到杂草丛生的峡谷,有的躲到大树后,有的爬到树枝上,还竞相爬得更高,悬挂在空中。他们的小牛遭近距离攻击并被刺伤,大受惊吓,挣扎着想逃脱。

4

几名官员纷纷驱车增援。戟戳矛刺,石投脚踢,有角的动物四处溃败,响声如雷,被追逐猎杀得不胜其数。

5

也有湿婆教和佛教信徒手持长矛参与围猎,但被野狗纠缠,仓皇逃窜。此刻,信徒们忘却了宗教仪规,忘却了伦理法典,忘却了自身身份,参与了这场世俗活动。

第五十四章

1

  国王驾着高大的金色车骑,由训练有素的雄壮水牛牵引。国王直奔丛林深处,捕捉一切受惊猎物,野兽慌不择路,所行之处,尸体无数。

2

  野猪、黑羚羊、麝鹿等惊慌失措,国王驱车追赶。文臣武将也都骑马参与围猎,动物们全被制服了,它们或被戳,或被刺,或被砍杀,毫无喘息地死去。

3

  土地平坦开阔,丛林低矮透光明亮,鹿群容易被捕猎。国王心满愿足,休息并与众臣相见,听群臣讲述捕猎情形,欢声笑语一片。

第五十五章

1

　　国王尽情享受围猎乐趣。纵横群山森林，疲惫后返回行宫，召来美女相伴。在森林如同战场，国王亦不忘动物功德，谨遵勿滥杀戒律。

2

　　国王想念城邦华美，萌生归意欲返程。他择良日启程，前往巴奴哈根、巴尼尔、塔里琼安。在韦温城留宿，后又前往古瓦拉汗、车隆和达达玛。途经加陆唐、帕加尔德拉加、巴罕江安。①

3

　　次日又经丹巴克、拉布特、哇尤哈到博拉纳。经班达坎、巴纳拉基到班达马延，并在此留宿。之后折向南部，往西到古慕古斯山

---

① 本节中的地名原文分别为：Banyu Hanget, Banir, Talijungan, Wedwawedwan, Kuwarahan, Celong, Dadamar, Garuntang (Garantang), Pagar (Pager) Telaga，Pahanjangan。以上地名难以一一考证，只知为爪哇沿途封地村社名。

脚下的加加威陵庙。① 国王受到民众热烈欢迎，他还在此陵庙举行了祭祀仪式。

---

① 本节中的地名原文分别为：Tambak, Rabut, Wayuha, Belanak, Pandakan, Banaragi, Pandamayan, Kumukus, Jejawar。以上地名难以一一考证，只知为爪哇沿途封地村社名。

第五十六章

1

陵庙已经历史悠久。由国王的先祖克尔塔纳加腊修建。陵庙中只安葬了先王的遗体。因他早年皈依了湿婆教和佛教,这里也是湿婆教和佛教信徒朝拜之地。

2

陵庙底部是湿婆教风格,顶部为佛教风格,高大宏伟。内有湿婆雕像,华美霸气。顶部的如来[①]雕像巨高无比,但由于它的超自然力量而受毁,体现着最高境界"空"之真谛。

---

① Aksobhya,五方佛中的东方佛,见《楞严经》卷五。

第五十七章

1

据说,在如来雕像消失之时,有一位帝师——苦行、圣洁、虔诚的佛教徒,他无与伦比,弟子众多,被推选为圣僧。

2

他曾经到访此圣地并留宿陵庙,虔诚朝拜雕像。此举令庙宇住持痛苦并生疑,他是否有资格朝拜湿婆造像。

3

到访圣僧讲述了这座陵庙的历史,宏伟的如来雕像曾经在顶部,只是现已难再辨认。当其再次回到这座陵庙的时候,惊讶地看到如来像消失了,无比遗憾。

4

塞伽历1253年(公元1331年)是雕像消失的时间。消失之时,雷电直贯入庙宇。圣僧所言不虚。只是如何再修复这座古老陵庙?

5

庙宇精美难以形容,犹如凡间天宫。大门、围墙、塔銮、大殿美不胜收。内部饰以怒放的铁力木花。边上壁画有金光闪闪之美丽公主。

6

国王如痴如醉享受美景。吾鲁苔苔①的水塘非常之独特,蕨类植物在水中茂密生长。在烈日下往东行进,离开陵庙,穿过山谷往北加浪岸②而去。

---

① 原文为 Wulu Dada。
② Pekalongan,宋代《岭外代答》《诸蕃志》称为莆家龙,是印度尼西亚中爪哇岛北岸的一个海港。

第五十八章

1

国王由加加瓦启程前往巴达魔岩村,在钟加朗地区中停留。[1] 进入林中,寻找美景。往巴维特拉[2]山谷中仙人寺庙走去,国王以巴萨[3]和吉咚[4]的艺术形式描绘所见景色。

2

赏罢美景,清晨车骑早已就位等候。国王往西抄原路返回,到达留宿的杰班行宫,队伍出城相迎,留在宫中的守卫皆羡慕得以瞻仰龙颜的人。

---

[1] 本句中的地名原文分别为:Jajawa, Desa Padameyan, Cunggrang。据传巴达魔岩村盛产胡椒。
[2] 原文为 Pawitra。
[3] Bhāsa,出生于3世纪的印度梵语剧作家。
[4] Kidung,唱词圣歌(源于民间的爪哇古典诗体)。

3

国王在下午三时开始与众人共同用膳。国王坐于最前,其二位叔叔紧随其后。马塔珲和帕古汉的国王与王后则坐在国王边上稍远处,宴会不知进行了多久。

第五十九章

1

次日清晨，国王车队启程前行。诗人与一些随从沿路往拉布、杜谷。他在巴洋安停留，拜访亲戚，由于造访突然，受到的款待并不隆重。①

2

经过巴纳沙拉和桑坎安多②，下午二时国王已到达城郭之外。队伍一路浩浩荡荡：大象、马匹、水牛、公牛、车骑、步兵挤满道路。

3

队伍排列整齐有序。帕章女王与其丈夫、随从位于最前。其后不远处，是拉森女王与丈夫和他们的随从。他们的车骑华美无比，熠熠夺目。

---

① 本节中的地名原文分别为：Rabut, Tugu, Pahyangan。
② Banasara, Sangkan Adoh，古城名。

4

答哈女王、温克尔女王紧随其后。接着是济瓦纳女王与其丈夫和随从。队伍的末端是数以千计的护送国王的武将。

5

路边百姓争相观望。层叠拥挤地等待国王车队行经。女子纷纷倚门观看,有疾走飞奔者腰带散开,衣服脱落仍不以为意。

6

稍远处,人们争高爬树观望。无论老少,拥挤坐于树干上。更有甚者,爬上高耸的椰子树或糖树,渴望围观,形象全然不顾。

7

锣鼓齐鸣宣告国王到来,街上百姓敬畏地低头弯腰致礼。国王经过后,有大批随从绵延不绝,紧随其后。大象、马匹、驴子、骆驼和手推车跟着不断前行。

第六十章

1

跟在队列之后是物资运输队伍,一排排的步兵挑着胡椒、红花、棉花、椰子、槟榔、卡拉亚尔果①、酸豆、芝麻等物品。

2

再往后是重物运送队伍。物品沉重,行动缓慢。右手拎狗,左手提猪,背上篮中装着鸡鸭,挑夫被压弯了腰。

3

有一挑夫试着挑各种物品于一筐:刺槐果、青苹果、竹笋、佛焰苞、罗望子、水坛、簸箕、盘子、锅……重得仿佛就要坠到地上,引来笑声一片。

---

① Kalayar,一种葫芦科的植物。

4

　　国王队伍回城。各自归家散去。众人都在分享途中乐事,亲戚好友皆欢愉。

第六十一章

1

在宫中没待多久,塞伽历1282年(公元1360年),国王启程前往缇里布和森布尔①,在林中捕猎动物。

2

塞伽历1283年(公元1361年),国王及其随从前往帕拉神庙朝拜。随后观赏美景以自娱,纵情游玩于株柏乐、拉旺温塔尔、巴利塔、蒙古里。②

3

他自巴利塔往南攀爬山路。那里树木稀疏,缺水干枯。到达罗达雅③后,留宿数夜,他被海边美景吸引,独自在海边漫步,沉浸在大海的魅力中。

---

① 原文分别为 Tirib 和 Sempur。
② 本句中的地名原文依次为: Jumble, Lawang Wentar, Blitar, Manguri。
③ 原文为 Lodaya。

4

之后,他离开罗达雅往新平村①而去。意欲朝拜先祖陵庙。这里的佛塔已破损,远望西斜,亟待修复。

---

① 原文为 Desa Simping。

第六十二章

1

在尚可辨认的碑文题词①中,记载陵庙曾被修复。丈量其长宽,取东部高山宫殿之地为陵庙一部分。作为补偿,替代以巴加达腊的金庭、毗湿奴拉勒之地。②

2

返回之时,国王取道君贡、加亚纳巴德拉往东前行。在巴吉拉拉斯米停留,并于苏腊巴瓦纳陵庙过夜。翌日清晨启程,停经贝格尔,午后回城。③所有随从人员各自散去归家。

---

① 国王封地之时,会赐以题词,上书受封之人姓名、功勋、册封原因等。
② 本节中的地名原文依次为:Bajradara, Ginting, Wisnurare。
③ 本节中的地名原文依次为:Jukung, Jnyanabadra, Bajralaksmi, Surabawana, Bekel, 多为村社名。

第六十三章

1

且说清晨国王会见群臣。英雄立于最前,大臣于其后,整齐候于大殿。首席大臣卡查·玛达恭身启奏:陛下,大臣们将要举行一场圣典,请勿忘记。

2

太后特里布瓦纳有命,国王应举行皇祖母腊查帕特尼的安魂仪式[①]。仪式定于塞伽历1284年(公元1362年),所有王子重臣都应贡献食物祭品。

3

首席大臣如是殷切进言,国王龙心大悦。午后,智者、贤者、文臣武将,以及受过国王封地赏赐的大臣们,以阿尔亚·拉玛迪腊

[①] Pesta Serada,佛教–印度教爪哇本土化后形成的仪式,为死亡者举行此仪式,呼唤其灵魂归来,保佑生者。

查①为首,云集于殿前,共同商议典礼仪式所需用度。

4

临近婆达罗钵陀月②,斯拉瓦那节③最后一天。所有工匠都加倍努力,在外院立起一个"狮王宝座"。其他人则在准备食物托盘、游行用的神龛和彩车及其他物件。圆形盾④制作工匠、金银匠们也忙个不停。

---

① 原文为 Sang Arya Ramadiraja。
② Bhadrapada,婆达罗钵陀月,印度历法,相当于阳历7月。
③ Srawana,斯拉瓦那节是7月中至8月中举行的节日。
④ Dadap,皮和籐制的圆形盾。

第六十四章

1

仪式之日,一切已布置完毕。大殿被装饰得无比华丽,由众多建筑物簇拥,以石为基,以红柱为梁,十分华美,所有建筑都面朝国王宝座。

2

西部大殿以流苏点缀,是诸王之位。北部门廊层层台阶,向东延伸,是王后、祭司、贵族、学者、文臣武将之位。南部门廊装饰一新,是封地领主之位。

3

国王的祭祀仪式体现出对无所不知的佛陀的最高崇拜。所有密宗信徒都见证了圣圈的绘制,仪式由精通密宗三经[①]、品行圣洁的高

[①] 即《大日经》《金刚顶经》《苏悉地经》合成密宗三经,三经是密宗教义的根本经典。

僧大德斯塔巴卡①带领。

4

高僧年事已高,但勤修佛法多年。他行动不便,祭祀过程需由弟子协助。宗教领袖恩布·巴鲁哈②为其助手。仪式手势、诵经等密宗流程毫无差错。

5

第十二天,灵魂被召唤,诵念经文、献祭、朝拜和其他仪式都已完成。夜晚,为圣灵雕像贡献鲜花;还举行了苏帕季什塔③仪式,由阿查亚④住持带领,举行冥想,诵读经文。

---

① 原文为 Stapaka。
② 原文为 Empu Paruh,"Empu"为爪哇宫廷封号。
③ Supratisna,梵文,意为"高尚的超人"。
④ 原文为 Dang Acarya,"Dang"为爪哇宗教神职人员封衔。

第六十五章

1

月圆之夜后,次日早晨,向佛像贡献鲜花仪式。鼓声、锣声齐鸣,响彻云霄。宝座一人多高,众老少僧侣围绕行礼如云。

2

诸王、王子站于佛像边。群臣由卡查·玛达带领上前拜祭。外邦首领、大臣立于边上。供奉完毕,所有人依序入座。

3

帕古汉王最先进献美食。汉迪瓦王[①]献上杜古拉布[②]和蒌叶。马塔珲王彩车上的贡品是一尊像南迪尼[③]一样的白牛雕像,它的口中源源不断地吐出财宝和美食,很不可思议。

[①] 原文为 Sri Handiwa-Handiwa。
[②] 原文为 dukūla cloth。
[③] 原文为 Nandinī。

4

温克尔王所献食物堆满房屋,所献财宝堆满大殿地面。杜马班王进献绝色美女,在宴会中尽娱宾客。

5

最大的祭品来自国王。国王所献食物形如曼陀罗山[1],当它转动的时候,令人敬畏的众神和恶魔的雕像环绕着它。亦有巨大鲤鱼在宽阔水池中摇曳,增添了宫廷的喧闹气氛。

6

所献食品皆被分配,女眷、大臣、僧侣皆能尽享美食。城中贵族、皇族皆获得分享,皇家军队的新鲜食物源源不断。

---

[1] Mandara,也称为须弥山,在古印度神话中位于世界的中心,后为佛教采用,即今天的喜马拉雅山。

第六十六章

1

典礼第六日清晨，国王准备进献食物。大臣、英雄们所献物品摆满房屋。两位大臣进献大船，船上雕刻民谣场景，其中一条船大小如真，伴以锣鼓之声被献于前。

2

同日，卡查·玛达前来觐见并贡献。所献之物为纳加沙里树①伴以怒放大红花。地区首领、官员和村庄头目皆有进贡。贡品各式各样，林林总总，比如有大船、假山、房屋、鱼儿等。

3

国王所祭物品更为惊人。七日内财宝、华服、美食源源不绝。铺开有四里地宽，尤其厚待僧侣。王公大臣②们欢享丰美盛宴，美酒

---

① 原文为 Nagasari。
② 原文为 the juru and samya，"Juru"是爪哇外岛四方属地的官衔；"Samya"所指不详。此处意译为"王公大臣"。

如流。

4

四方人民熙熙攘攘，喧闹非凡，来围观皇宫大殿里非凡的盛况。王后在大殿与众公主、女王、女眷翩翩起舞。人们层叠围坐，惊叹地欣赏观看，忘乎所以。

5

国王举办的各式娱乐活动使百姓欢乐无比。歌曲、面具舞、哇扬戏每日轮番不断。搏击、战舞激烈赢得叫好不停。尤其给穷苦百姓施舍的善举，令民心欢愉。

第六十七章

1

祭祀活动极尽盛大与虔诚，定将告慰皇祖母之灵。但愿她施恩于国王，保佑国王战无不胜，日月同辉。

2

早晨僧侣口诵经文，前来举行法事。所有雕像都被进献和铺满鲜花，众僧分食所有祭品。

3

仪式结束后，国王心神宁静愉悦。只待女王塑像安放于陵庙。土地早已于塞伽历1273年（公元1351年）[1]由吉纳纳维迪[2]洁净完毕，并供为梵天雅吉那[3]以示崇拜。

---

[1] 印尼文译本为塞伽历1274年，英文译本为塞伽历1273年。
[2] 原文为Jnyanawidi (Sri Jnanawidhi)。
[3] 原文为Brahmayajna。

第六十八章

1

　　这就是一棵罗望子树上可信的远古传说：塞伽历 974 年（公元 1052 年），现济瓦纳和谏义里国王统治区域内，以答哈为都城的潘查路王国①时，爪哇被一分为二——出于艾尔朗加②国王对两个王子的爱。

2

　　有一大乘佛教教徒，他既是密宗大师，又是瑜伽大师，名为恩布·巴拉达③，隐居修行于画谷④墓地之中，通晓三界知识，曾毫无危险地踏过大海到达巴厘。

---

　　① Panjalu，也称为谏义里王国（Kerajaan Kadiri）。1042—1222 年间东爪哇的一个王国，以答哈为都城。
　　② Airlangga，也作 Erlangga。全名 Rakai Halu Sri Lokeswara Dharmawangsa Airlangga Anantawikramottunggadewa，卡胡里潘王朝时期的君主。
　　③ 原文为 Hyang Mpu Bharada。
　　④ 原文为 Lemah Citra，与 Lemah Tulis, Lemah Surat 是同一个地名的不同称法。

3

大师欣然受命，以圣瓶中水为国家分界。自西向东直到大海，由南向北，从天倾倒，于是爪哇被大海相隔，一分为二，从此爪哇拥有两个国王。

4

任务完成后，大师从天而降，停在罗望子树上休息，圣瓶被放于巴鲁安①村庄。大师因长袍被大树所勾，勃然大怒，因此施法诅咒此树变矮。这便是罗望子矮小以及生长于边界之地的原因。

5

这就是人类无法逾越界线的超自然力。然而女王雕像的建立，爪哇再度统一。愿国王明智英勇，人民永享太平，国家稳固长久一统。

---

① 原文为 Palungan。

第六十九章

1

所建陵庙名为腊查帕特尼陵[1]。腊查帕特尼的立像仪式由吉纳纳维迪负责举行。高僧年事已高,精通密宗、佛典,通晓国事,可谓恩布·巴拉达后裔,深得国王喜爱。

2

在巴亚朗果也会建立腊查帕特尼神庙。由吉纳纳维迪再次负责举行仪式,净化土地。工程由年轻、严谨、精力充沛的大臣德蒙波查[2]执行。顺利完工后,陵庙名为毗舍沙补罗[3]。

---

[1] 原文为 Prajnaparamitapuri。
[2] Demung Bhoja,"Demung"为爪哇官制名称。
[3] 原文为 Wisesapura。

3

　　腊查帕特尼陵庙成了远近闻名的宗教圣地。每逢佛月被僧侣、大臣们祭拜。各地人民都前往供奉崇拜。她在天堂世界中享受后代——伟大的爪哇国王奉献的敬仰。

第七十章

1

塞伽历 1285 年（公元 1363 年），国王前往新平迁移陵庙。所有仪式在腊查帕拉克拉玛①带领下有序举行。

2

他通晓佛典，笃信湿婆。自克尔塔·腊查沙王驾崩起便执掌宗教事务。迁移佛塔、大门、围墙时，由著名的贵族库龙②大人负责监督。

3

从新平城回来后，国王即刻回宫。心系患病名相卡查·玛达。宰相为爪哇繁荣殚精竭虑，曾在巴厘和沙登斩将杀敌。

---

① Rajaparakrama，爪哇高僧，皇族血统出身。
② 原文为 Krung。

第七十一章

1

　　塞伽历 1253 年（公元 1331 年）他担起大任，塞伽历 1286 年（公元 1364 年）他驾鹤离去。国王无比悲痛，甚至一度绝望。宰相毫无偏颇，平等慈悲地对待万物，他意识到生命的短暂，每日只埋头于行善。

2

　　国王立即与诸王兄弟、叔伯子侄、母后讨论卡查·玛达的接替人选。只有体察民意、熟悉政务者才能作为候选人。权衡良久，无人胜任。

3

　　国王认为：卡查·玛达无可取代。每当出现异议之时，国王亲力亲为，选六位大臣由王国四方往王宫派送使者，由国王直接领导，国王得以知晓全国之事。

第七十二章

1

最后私密会议做出决定：以国王的重臣达迪为高级宰相。

2

他与国王的亲信，既是战斗英雄又体察民情而被赐封天猛公头衔的纳拉，一道辅政。

3

纳拉天资聪颖，秉性忠诚，指挥军队，监管他国，消灭东波，克敌无数。

4

新加入的两位重臣，成为国王左膀右臂，在其他大臣辅助下，处理王国政务。

5

达米是年轻官员,常年在宫中效忠。辛加则是国王统治下所有人员的监督者。①

6

这就是国王的任命官员,忠诚、称职,王国日益稳固,百姓更加团结,效忠于国王的统治。

---

① 本章中提及的官员名称原文分别为:Mpu Tadi, Mpu Nala, Mpu Dami, Mpu Singa,即达迪、纳拉、达米、辛加,均是爪哇重臣。

第七十三章

1

满者伯夷国王励精图治,国家机器良好运作。小大之狱,皆按法律公平裁断,明察秋毫,赏罚分明,人人心服口服。国王名号将穿越时代,垂青千古,无愧为神之后人。

2

经年未完之陵庙建筑工事都已完工,被完好修建保护。组织文人学者整理修订典籍史册,以使后人了解过去,不致迷惘。如此则裨益久远,不会引起冲突,并能惠及子孙。

3

广为人知的皇家王陵之地如下:杜马班[①]、基达、查果、维瓦维

[①] Tumapel,也作 Tumapan,13世纪新柯沙里国都城所在地,在今印度尼西亚爪哇岛玛琅地区。

淡、杜板①、比卡丹、布古、加瓦加瓦、岸唐、安塔拉萨斯、加朗布拉特、加果、巴利塔、希拉利特、瓦乐里、柏柏、古卡、鲁邦和普戈。陵庙以卡根南甘为首,因其历史最为久远。②

---

① Tuban,也作Dataran,《诸蕃志》中称为打板,满者伯夷王国时期一个重要的港口城市,在今印度尼西亚爪哇北岸。
② 本节出现的地名原文依次为:Tumapel, Kidal, Jajagu, Wedwawedwan, Tuban, Pikatan, Bakul, Jawa-jawa, Antang, Antarasasi, Kalang Brat, Jaga, Balitar, Silahrit, Waleri, Bebeg, Kukap, Lumbang, Puger, Kagenengan。

爪哇著名陵庙——查果陵台阶上的浮雕图

(图片来源：Lydia Kieven, *Following the Cap-Figure in Majapahit Temple Reliefs*, Brill, 2013)

第七十四章

1

主要的陵庙有安塔布拉、萨加拉、新平、郎加布拉、布迪坤奇。① 巴亚朗果的陵庙为新建陵庙。

2

共计 27 座陵庙。塞伽历 1287 年（公元 1356 年），佛月，由国王指派专人保护，僧侣学者把其载入史册。

---

① 本句中的地名原文分别为：Antahpura, Sagala, Simping, Sri Ranggapura, Buddhi Kuncir。

第七十五章

1

专司陵庙保护的官员名为维拉迪卡拉[1]，他谨小慎微，兢兢业业守卫所有陵庙。他识大体，忠于国王，凡事为大局利益着想，不曾邀功自傲。

2

国王保护祭祀庙宇，由湿婆教首领监管帕希杨格斯陵[2]和格拉杨斯陵[3]。佛教领袖受命修建、保护佛寺。宗教官员受命管理仙人信徒的社区和保护苦行僧们。

---

[1] 原文为 Arya Wiradikara。
[2] 原文为 Parhyangans。
[3] 原文为 Kalagyans。

第七十六章

1

湿婆教派的自由辖地①有：古提巴莱、坎及、卡布隆安、罗玛、瓦单、伊斯瓦拉格雷哈、巴拉布迪、丹绒、古提兰巴、达鲁纳、巴扬安、古提查地、五陵、尼拉固苏玛、哈里南达纳、乌塔马苏佳、普拉撒达哈吉、沙登、邦古木兰、古提桑格哈及加亚西卡。②

2

还有斯巴提卡、马纳鲁、哈利巴瓦纳、庞卡庙、皮吉、尼禄丹塔、卡杜达、斯朗加、卡布于兰、加亚木加、古拉兰达纳、卡尼加拉、冷布特、乌鲁汉、基纳翁、苏格威加亚、卡加哈、占盆、拉提曼

---

① 自由辖地指处于王国统治下但无需向王国缴纳赋税的地方。
② 本节中的地名原文依次为：Kuti Balai, Kanci, Kapulungan, Roma, Wwatan, Iswaragrha, Phalabdhi, Tajung, Kuti Lamba, Taruna, Parhyangan, Kuti Jati, Candi Lima, Nilakusuma, Harinandana, Uttamasuka, Prasada-haji, Sadeng, Panggumulan, Kuti Sanggraha, Jayasika。

玛塔斯拉玛、古拉、加灵、白石头。①

3

佛教的自由辖地有：维布拉拉玛、古提哈吉、亚纳特拉惹、拉惹海纳、古武纳塔、苏拉亚沙、加拉克、拉昆地、瓦达里、巴车坎、巴苏鲁安、巴马尼坎、司朗安、邦格坦、邦哈湾、达玛朗、德巴斯、吉塔、瓦纳斯拉玛、基纳、须木达腊、巴木朗、②画谷③。

4

安达瓦哈尼、维提维提、巴特湾、卡奴鲁汉、温塔、汉腾、巴奴、基肯、巴塔巴塔、巴加坎、斯博克、维当、巴杜隆安、宾塔图哈、特朗、苏腊巴为主要地区，还有苏卡利拉，以及加入的博加拉、古鲁尔、唐基等。④

---

① 本节中的地名原文依次为：Spatika, Jayamanalu, Haribhawana, Candi Pangkal, Pigit, Nyu Danta, Katuda, srangan, Kapuyuran, Jayamukha, Kulanandana, Kanigara, Rembut, Wuluhen, Kinaweng, Sukhawijaya, Kajaha, Campen, Ratimanmathasrama, Kula, Kaling, Batu Putih。

② 至此本节出现的地名原文依次为：Wipularama, Kuti Haji, Yanatraya, Rajadhanya, Kuwu Natha, Surayasa, Jarak, Lagundi, Wadari, Wewe Pacekan, Pasuruan, Pamanikan, Srangan, Pangiketan, Panghapwan, Damalang, Tepas, Jita, Wanasrama, Jenar, Samudrawela, Pamulang。

③ 原文为 Lemah Surat, 与 Lemah Citra, Lemah Tulis 是同一个地名的不同称法。

④ 本节中的地名原文依次为：Amrtawardhani, Weti-wetih, Patemwan, Kanuruhan, Wengtal, Wengker, Hanten, Banu, Jiken, Batabata, Pagagan, Sibok, Engtal Wetan, Padurungan Pindatuha, Telang, Surabha, Sukhalila, Pogara, Kulur, Tangkil。

第七十七章

1

佛教的自由辖地还有：伊萨卡巴基拉、纳迪塔达、穆古、桑邦、丹绒、安塔萨巴、邦邦吉、布迪穆勒、瓦哈鲁丹帕、杜里、巴鲁汉、丹达拉、古姆达拉纳、拉特纳、南迪纳加腊。[①]

2

乌安加亚、巴兰迪、唐吉、阿萨、沙米奇、阿皮塔横、耐兰加纳、维加亚瓦克特拉、马格能、博雅汉、巴拉玛辛、克拉特、拉纳庞卡加、巴奴邦安、卡胡里潘、克塔基、德拉加占巴拉、中固，再加上毗湿奴瓦拉。[②]

[①] 本节中的地名原文依次为：Isakabajra, Nadi, Tada, Mukuh, Sambang, Tajung, Amrtasabha, Bang-Bangir, Boddhimula, Waharu Tampak, Duri, Paruhan, Tandara, Kumudaratna, Ratna, Nandinagara。

[②] 本节中的地名原文依次为：Wunganjaya, Palandit, Tangkil, Asah, Samici, Apitahen, Nairanjana, Wijayawaktra, Mageneng, Poyahan, Balamasin. kerat, Ratnapangkaja, Panumbangan, Kahuripan, Ketaki, Telaga Jambala, Jungul, Wisnuwala。

3

巴度尔、威纶、翁古鲁、玛南贡、瓦图库拉、巴吉拉萨纳、巴占巴延、萨玛兰登、西芒布拉、丹巴克、拉勒延、皮朗古、波哈吉、忘加里、博鲁、伦巴、达利安、邦加湾等是早有记载的。①

---

① 本节中的地名原文依次为：Budur, Wirun, Wungkulur, Mananggung, Watukura, Bajrasana, Pajambayan, Samalanten, Simapura, Tambak, Laleyan, Pilanggu, Poh Aji, Wangkali, Beru, Lembah, Dalinan, Pangadwan。

第七十八章

1

印度教仙人教派的自由辖地有：苏布、鲁皮、比兰、布江安、查加迪塔、巴维特拉、布屯。①这些地方波罗提塔②、萨巴③和林伽④随处可见，设有灌注系统。僧侣们被称为"尊贵之师"。

2

这些是自由的圣地，其独立性在过去得到了保证。其余是没有波罗提塔的世袭独立圣地：邦加湾、东加、西塔亚德拉、加亚、西达哈琼、乐瓦加力、特瓦斯、瓦西斯达、帕拉、巴达尔，以及色忘古拉之前的辖地——司令安。⑤

---

① 本句中出现的地名原文依次为：Sumpud, Rupit, Pilan, Pucangan, Jagaddhita, Pawitra, Butun。
② Pratistha,《摩诃婆罗多》第46章第29颂中指雌花，此处喻指宫殿。
③ 原文为 Sabha。
④ Lingga, 印度教徒对于男性生殖器崇拜的标识。
⑤ 本节中的地名原文依次为：Bangawan, Tunggal, Sidayatra, Jaya Sidahajeng, Lwah Kali, Twas, Wasita, Palah, Padar, Sewangkura, Siringan。

3

万江、巴拉布拉、瓦诺拉、马可杜、汉腾、古哈、吉瓦、俊布、梭巴、巴慕达蓝、巴鲁等是著名的佛教属地。① 卡加尔、达纳、哈纳、都拉斯、加拉吉利、真定、维卡斯、万迪拉、万达岩、卡达万、古兰巴延、达拉是印度教苦行派属地。②

4

达玛西、沙乌安、贝拉、朱如、西杭、斯朗安、瓦都亚、戈兰、甘达哈、德热普、哈拉萨拉、南普是较为主要的宗教属地。西玛、纳迪、阿巴亚、提杭、巴古乌甘、西玛其亚、苏奇、卡维里、卡查庞安、巴腊特,由来已久就是自由地。③

5

毗湿奴教派的自由辖地主要分布在卡拉庭、巴万、卡邙山、巴图、唐古延、达古鲁、加路、玛卡拉兰。色当、麦当、呼伦哈扬、巴隆隆加、巴沙延、格鲁、安德马特、帕拉达、葛宁、邦加湾为历史

---

① 本句中出现的地名原文依次为:Wanjang, Bajrapura, Wanora, Makeduk, Hanten, Guha, Jiwa, Jumput, Sobha, Pamuntaran, Baru.

② 本句中出现的地名原文依次为:Kajar, Dana, Hana, Turas, Jalagiri, Centing, Wekas, Wandira, Wandayan, Gatawang, Kulampayan, Tala.

③ 本节中出现的地名原文依次为:Dharmarsi, Sawungan, Belah, Juru, Siddhang, Srangan, Wadurya, Gelan, Gandha, Terep, Harasala, Nampu, Sima, Nadi, Abhaya, Tihang, Pakuwukan, Sima Kiyal, Suci, Kawiri, Kacapangan, Barat.

上的自由地。①

6

以上是爪哇各地的村庄分布。无论拥有陵庙宫殿与否，作为供奉陵庙之地，僧侣守护之所，讲经学法之地，便可获得国王的资助。

7

穆拉的满达拉斯、萨加拉、库库布这些古已有之的村落，以及苏卡亚基纳、卡斯图里等被印度教苦行派称为要塞之地。卡都拉萨玛地区的卡亚甘斯有巴其拉、布万、鲁万瓦、古邦。②这些村落散落分布，大都需要依托王国地区的援助，这是众所周知的。

---

① 本节中出现的地名原文依次为：Kalating, Batwan, Kamangsyan, Batu, Tanggulyan, Dakulut, Galuh, Makalaran, Sedang, Medang, Hulun Hyang, Parung Lungga, Pasajyan, Kelut, Andelmat, Paradah, Geneng, Pangawan。

② 本节中的地名原文依次为：Mandalas of Mula, Sagara, Kukub, Sukayajna, Kasturi, Caturasama, Katyagans, Pacira, Bulwan, Luwanwa, Kupang。

第七十九章

1

爪哇所有地区的村社皆已梳理。圣地、封地、陵庙、属地、村落、佛寺等,都被妥善管理,未列入名册的村社由王国村落管理机构的官员阿尔亚·拉玛迪腊查负责。

2

温克尔王派出信使,清查全国各地村庄。新柯沙里王派人核查各地族群部落。他们皆按规行事,认真负责。爪哇各地秩序井然,拥护国王统治。

3

外岛如巴厘也遵守爪哇的规定。陵庙、佛寺、宫殿都被清点并记录在册。巴达胡鲁[①]的佛教首领巴塔拉·洛卡加[②]负责监管庙宇,保护古物。

[①] 原文为 Baduhulu。
[②] 原文为 Badaha Lo Gajah。

第八十章

1

巴厘岛的佛教辖地有：古提哈纳、卡迪卡拉南、布瓦纳加腊、维哈拉、巴洪、阿迪腊查、库图兰。除维哈拉受王国管辖外，其余六个寺庙皆为佛教自由辖区。① 还有受国家支持的阿尔亚达迪、库提斯、腊加沙玛塔等寺庙。②

2

以下是建于苏浪山③之上的著名陵庙：勒玛兰邦、安亚瓦苏达、达达卡塔布拉、克里哈斯塔达达。④ 由济瓦纳王于塞伽历1260年

---

① 在印尼文译本中，维哈拉（Wihara）和巴洪（Bahung）合为一词"Wiharabahu"，但接下来就提到佛教自由辖地有六，如合成一词与文意不符。因此采用英文译本中分为两地的译法。
② 本节出现的地名原文依次为：Kuti Hanar, Kadhikaranan, Purwanagara, Wihara, Bahung, Adiraja, Kuturan, Aryadadi, Kutis, Rajasanmata。
③ 原文为 Bukit Sulang。
④ 陵庙名称原文分别为：Lemah Lampung, Anyawasuda, Tatagatapura, Grehastadata。

（公元 1338 年）依律修建。由出家僧侣大臣乌帕撒加·韦达①进献土地，建造陵庙。

3

所有辖地皆载入文件，并由国王确认其合法地位。每座建筑皆由一位德高望重之人看护，因此得到保护。伟大之王的无上功绩便是如此，愿王室世代皆承袭修建神址。

4

在国王治下，恶人在何处都不敢轻易作乱。这也是国王从乡村巡游至海滨的原因。如此，无论是在海边还是山林中，无论是在森林还是遥远之地，隐士们得以宁静修行，佛法得以不断发扬，为世人带来福祉。愿国家万世太平。

---

① 原文为 Upasaka Wredda，其中 "Wredda" 是官职名称。

第八十一章

1

国王为在爪哇稳固地建立三个教派做出了巨大的努力。这也是他尽心维系的旧传统。国王的努力是明智的，他制定法律的目的是让人们不应忘记行为的规范和纪律。

2

仙人派苦行僧、维帕拉①、湿婆教和佛教信徒，四类僧侣勤于学习，严守戒律。僧众臣服国王，潜心修行，学习经义。

3

四大种姓人民安分守法。曼特里②尤其是阿尔亚大臣擅治国家，王公贵族举止文雅，行无偏差。平民百姓③皆兢兢业业，勤勤恳恳，

---

① 原文为 Wipra，为何意不详。
② 曼特里（Mantris），与阿尔亚都是官职名称。
③ 原文为 Wesyas (Waisya), Sudras, 即吠舍和首陀罗，为印度四种姓中的第三、第四阶层，此处指平民百姓。

服务国家。

4

　　各种姓分布皆由神意，服从国王统治。高等者谨慎注重言行，低等者努力去除罪行。这就是伟大国王统治下的爪哇大地。

第八十二章

1

圣迹建造，民众欢愉。国王是坚守戒律的典范。母亲们以国王为教育孩子之榜样。两位王兄协助国王，同心同德。

2

新柯沙里之王在萨加达①新建一座无与伦比的圣殿。温克尔王在苏腊巴纳、巴苏鲁安、帕章开垦森林。他们在拉瓦②、卡布隆安、罗扎那布拉③修建佛寺。瓦萨里④藩王则在三香之地⑤开拓，修建一座佛寺。

---

① 原文为 Sagada。
② 原文为 Rawa。
③ 原文为 Locanapura。
④ 原文为 Watsari。
⑤ 原文为 Tigawangi，爪哇属邦。

3

众臣皆有封赐,享受广大的领土。为表示对神灵、祖先和圣哲的敬意,纪念祠、佛寺、庙宇和宫殿不断得以修建。僧侣争相效仿国王,乐行善事。

第八十三章

1

这便是伟大的满者伯夷之王。他被赞誉如秋月般美好。在他的统治下,恶人稀少如红莲,君子芸芸如白莲。奴隶、财宝、车驾、大象、马匹多如汪洋大海。

2

爪哇之名响彻寰宇。唯有印度和爪哇岛才堪称最美好之国。这里高僧云集,谋士如云,战将如雨,能臣各施才华。

3

高僧,饱学之士,能言善辩,德艺双馨。婆罗门教僧侣,精通经文,品德高洁,严守教规。毗湿奴信徒,修历史,撰经文。

4

吸引来自印度①、中国②、柬埔寨③、安南④、占婆⑤、卡纳提客⑥等地无数外邦来客。他们以哥塔⑦和暹罗为中转站积极开展海上贸易。僧侣们广受施舍,乐享太平。

5

每年巴古纳月⑧,国王接受各地朝拜。四方大臣,舟车前来,爪哇外岛诸如巴厘,带头贡献。商贾群聚,买卖兴隆,物产丰盛。

6

祭拜仪式的程序是,首先由百姓列队护送神龛,同时奏响鼓乐。鼓乐每日增加七次。并以美食贡献入城。祭拜时,霍玛⑨和婆罗门诸神⑩由湿婆信徒和僧侣们扮成。从当月第八日晚开始,祈福国王平安。

---

① 爪哇语以 Jambudwipa 指印度。
② 爪哇语为 Cina。
③ 爪哇语为 Khamboja。
④ 爪哇语称越南人为 Yawana。
⑤ 爪哇语为 Cempa,即 Champa。
⑥ Kamataka 或 Carnatic,印度南部城邦。
⑦ Goda,印度的一个邦国,位于今印度西孟加拉邦巴尔达曼(Barddhaman)。
⑧ 原文为 Phalguna。
⑨ 原文为 Homa,一说"霍玛"为婆罗多王朝的国王。
⑩ 原文为 Brahmayajna,梵祭,仅为婆罗门举行的献祭,此处指婆罗门诸神。

第八十四章

1

第十四日晚,国王盛装游城,坐于金色轿辇,沿着地毯行进。由服色一致的官员和湿婆领袖①带领,前呼后拥。

2

锣鼓喧天,喇叭齐鸣,以示欢迎。队伍中僧侣吟诗,歌诵国王功德。爪哇各地诗人齐聚,尽展梵文诗篇,彰显国王声名如拉祜②,尊贵如黑天③。

3

国王登上金光闪闪的宝座,犹如诸神④下凡赐福。国王实乃三

---

① 爪哇语为 Saciwa bhujarigadinika。
② Raghu,印度月亮王朝著名国王。
③ Krishna,梵文意思为黑色,中国佛教译作黑天,是毗湿奴最主要的化身。
④ Trimurti,印度教中的三神一体。三神指梵天、毗湿奴、湿婆。

神和众神之王,索多达尼佛陀^①的化身,连国王身旁所站之人也变得高洁。

4

帕章女王与夫君于最前,由众多随从护卫跟随于后。帕章和帕古汉大臣为一队伍,人员不计其数,都身着统一服色,手持鲜花、锣鼓、旗帜。

5

拉森之王与夫君以及他的随从跟随其后。紧接着是谏义里女王与夫君及他们的大臣和军队。济瓦纳女王与夫君、众随从跟于其后。国王与爪哇众臣于队伍最后。

6

百姓群聚观之,车辆拥挤于路。所有房舍插彩旗以示欢迎,围观队伍绵延不绝,少女、妇人们争相观望。

---

① 英文译本作 Soddhodani,意为佛祖之父净饭王;印尼文译本作 Sang Sudodana putera,意为悉达多王子;爪哇语文本作 Goddodani,原意是"种植纯稻的人",他也是悉达多的父亲乔达摩,后来成为佛陀。

7

人们欢欣鼓舞,犹如头回观此盛况。仪式结束后,国王登高,接受朝拜。首席祭司献上圣水,盛放圣水之瓶极为上乘,托盘亦极为精致。随后,群臣来到国王面前,竞相表示敬意。

第八十五章

1

在制咀逻月的头半个月，军队、大臣、勇士、英雄以及宫外地方首领、村社头目，宗教头领，婆罗门信徒、佛教僧侣皆聚集于王前。

2

群聚商讨如何使民众摒除恶性，坚守戒律。每逢制咀逻月，根据卡巴王[①]的教诲，皆要大声诵读，让民众不要有被禁止的行为，并牢记正确的着装规则。以此驱除占有他人财物、占有神之财物等不良行为，保持社会宁静。

---

① 原文为 Raja Kapa-kapa。

第八十六章

1

两日之后举行盛大庆典。皇城北部有一名为布柏①的广场。国王常乘三角轿亲临,百官沿途而立,令人叹为观止。

2

广场宽敞平坦。一半向东延伸至皇家大道。另一半向北延伸至河边。周围有大臣官邸成群环绕。

3

广场中央有高大建筑物耸立。梁柱雕以帕尔瓦②神话传说。建筑物西侧有房屋形如宫殿,为国王制咀逻月举行仪式之所,国王在此设立高台。

---

① 原文为 Bubat。
② Parwa,又谓 Wirataparwa,古爪哇神话传说。

第八十七章

1

　　椭圆形高台向西成行而立。北部和南部是贵族的处所。大臣和监察官的处所位于东部，井然有序，面向一望无际的宽阔广场。

2

　　这里是国王为民众举行视觉盛宴之地，举办搏斗、战舞、拳击等娱乐活动。欢腾之场面持续三四日方停止。

3

　　国王起驾之后，比赛结束。布柏广场变得安静，高台也被拆除。百姓欣然而归。制呾逻月夜间，获胜者得到国王赏赐，满载财物华服而归。

第八十八章

1

地方首领与村社头目整个仪式过程都留在宫中。次日由阿尔亚拉纳迪卡拉及天猛公带领，与阿尔亚马哈迪卡拉等五位辅政大臣和地方首领一同面见国王，告辞回城。国王坐于宝座，接受众人拜谒。

2

温克尔王在贵族、首领前宣道：尔等需热爱并忠诚于国王，怜爱低层人民，建设各自领地，广修桥梁、道路、陵庙、建筑，广植树木。

3

尤其是高地和湿地，十分富饶，需用心耕植。保护百姓土地，避免被富人兼并。保有所辖人民，不让他们流失到邻近村落。谨遵律法规定，以使村社领地更加繁荣。

4

克尔塔瓦尔达纳王同意丈量领地尺寸,并每月统计辖区百姓数量。采纳村社头目建议,把每月犯事之人、恶人名字均记录在案,协助扫除地方恶人,尤其是违反律法之人。国家由此愈发富庶安宁。

5

国王亦颁布圣旨道:贤者来时,不得阻挠,款待四方贤者来客。王国主要工作为守门户,纳税源,赋税要及时上交。

第八十九章

1

自母王时代所立法律都应遵守。施舍、贡献、款待整日之食应当一早准备完毕。如有人滋事，造成痛苦或暴力，将被追责并上报。

2

王国和村社的关系，犹如狮子与丛林般密切。倘若村社毁灭，王国难以为继。倘若王国无军队，外邦难免突然入侵。因此，重视村社与军队，谨记本王之言。

3

国王如是宣布。王公贵族皆俯首表示遵从王命，维护国王统治。僧侣、英雄、群臣一齐上前行礼。三时整，群聚宴会。

4

东北殿被装饰得光辉华丽，国王坐于东北殿。贵族、大臣沿其余三个方向依序排座，面朝东北。美食佳肴全部以金盘盛放，成排进献于国王之前。

5

美食有羊肉、牛肉、鹿肉、鱼肉、鸟肉、蜂蜜等。根据地方习俗，狗肉、驴肉、蛙肉、老鼠、蚯蚓是禁忌食品。倘若违背，行为沾染污点，会被轻视与折寿。

第九十章

1

食物以银盘盛放，呈于众人，美味可口。各式鱼类，海鱼、淡水鱼依次呈上。

2

狗肉、驴肉、蛙肉、老鼠、蚯蚓等呈于爱食此物者。因为村社之间习俗各异，皆给予满足。

3

形态各异的金杯盛以各式佳酿，一一呈上：棕榈酒、西米酒、椰酒、米酒为主要饮品。

4

觥筹交错，杯盘陈列，各类饮品如泉水横流。嗜酒贪杯者，有的酩酊大醉。

5

国王宴请惯例：开怀痛饮，尽情恣意，不醉不归。有人酒后行为冒失，招来众人取笑。

6

召来歌者，轮番吟唱国王赞歌，令人感动。痛饮之人，更为尽兴，直至歌罢欢宴结束而止。

第九十一章

1

地方要员滑稽扮相与众首领调笑,伴以音乐,寻找配对表演。其举止令人忍俊不禁,获得国王赏赐布匹。

2

要员们被叫于王前与王共饮。又与诸臣且歌且饮,芒胡里和坎达莫希①之歌令人赞叹。国王本善歌唱,随节奏摇摆,令人着迷,帅气动人。

3

国王歌声美好悦耳,感人心扉,犹如枝上孔雀啼鸣,又似蜜中带糖般甜美。竹子为之颤动,歌声沁润人心。

---

① 原文为 Manghuri, Kandamohi,其意不详。

4

阿尔亚拉纳迪卡拉忘却国王正在与阿尔亚马哈迪卡拉[①]合唱高歌,突然上前邀请国王与众臣跳面具舞。"好!"国王欣然允诺,即兴表演。

5

克尔塔瓦尔达纳上前充当乐师。舞台快速在广场中心被搭建,头戴后冠的女王上台献唱,声音甜美,举止迷人。

6

国王上前,歌者退后。国王声音独特,令人愉悦,伴以王后轻快之调,令人神醉骨酥。

7

国王盛装,华丽入场。八位年轻妃子跟于其后,皆面容娇好,她们血统高贵,行动敏捷,温文尔雅,因此节奏合拍,气氛恰到好处。

[①] Arya Ranadikara, Arya Mahadikara, 此二人为宫廷大臣,前第八十八章已提及。

8

九人之舞以配乐开场。滑稽处笑声不止,直至腹痛。悲情处感人肺腑,令人呜咽,俘获观众情感。

9

日落之前,庆典结束。众臣叩首匍匐王前道别:臣等一切悲哀、不幸、罪恶已被一扫而光,由喜悦欢乐所取代,仿佛已入天国之境,臣等叩谢圣恩。国王亦起驾回宫。

第九十二章

1

国王坐于宫内,所有理想得以实现,无比喜悦满足。心系苍生、胸怀社稷。虽然年轻却已显现佛陀后人之风。以纯洁和知识荡涤世间罪恶。

2

国王之威、国王之勇震彻寰宇。无愧为山神之后,守卫世界。得以目睹国王之容,罪行消除,功德无量。违抗国王之命,罪恶深重,万劫不复。

3

国王之名,闻名三界。所有人类,无论高低贵贱,口诵赞辞,祈祷得佑。祝福国王寿比高山,岁同日月,永远保佑,辉泽大地。

第九十三章

1

域外诗人也为国王创作赞歌。印度的诗人布达提亚[①]创作了《薄伽瓦里》[②]长篇颂歌集,他的家乡位于建志城[③];婆罗门僧侣沙合达雅[④]创作出华丽赞美诗篇。

2

更不论爪哇文人、诗人、史学家、文学家创作无数诗颂配乐吟唱。最著名的当属刻于梁柱之上,由苏达玛[⑤]写就的诗体词,仅在皇宫得闻。

[①] 原文为 Buddhaditya。
[②] 原文为 Bogawali。
[③] 原文为 Kancipuri,建志城是印度七大圣城之一,位于今南印度的朱罗蒙德尔(Goromande)港口。
[④] 原文为 Brahma Sri Mutali Saherdaya。
[⑤] 原文为 Sudharmopapatti。

第九十四章

1

听闻世界文人皆歌颂国王，诗人普腊班扎亦想一同赞颂。尽管难以名动宫廷，名留千古，但求国王听闻愉悦。愿我王与百姓永世平安，愿国家繁荣不衰。

2

塞伽历1287年（公元1365年）頞泾缚庚阁月[①]满月之日，诗成。诗中王国行记、村社情况皆有序记录，名为《王国录》[②]。愿国王对此诗有感，不忘随行诗人。

3

诗人长期创作诗歌。第一首名为《塞伽纪年》[③]，第二首名为

[①] Āshvaynja，印度历法中的第七个月。
[②] Desawarnana，诗人给本诗所取的原有名字，意为王国辖地记录村社情况记录，后演变成 Nagarakretagama，译作《帝国史颂》或《爪哇史颂》。
[③] Tahun Saka 或 Sakabda。

《南邦》①，第三首名为《文艺海洋》②，第四首名为《皈依毗湿摩》③，第五首名为《修伽陀胁尊者》④。《南邦》和《塞伽纪年》尚未完成，还在创作中。

4

出于奉献及对国王之爱，诗人亦加入颂圣之列，圣王颂歌有梵文体、格卡温诗体和吉动诗体⑤三种形式。吾拙于诗作，但又何妨，其惟春秋！吾仍写就是篇——《王国录》。不惮遭人取笑。

---

① Lambang，爪哇地名。

② Parwasāgara，该词源自爪哇古诗，意为 lautan sastra，即文艺海洋。

③ 印尼文译本作 Bismacarana，英文译本作 Bhīsmaśarana，爪哇语本为 bhismacaranantya。此处译者认为 Bhīsmaśarana 较为妥当，Bhīsma 为印度长篇叙事诗《摩诃婆罗多》的天神，śarana 意为皈依佛、法、僧三宝，受三宝加持。

④ 印尼文译本作 Sugataparwa，英文译本作 Sugataparwawarnana，爪哇语本作 Sugataparwwa warnnana。Sugata 意为修伽陀，如来十号之一，Parwa 意为胁尊者，中印度人，本名难生，佛陀付法传承里的第十位祖师。

⑤ Gidung，一种古老的传统诗歌形式，特别是中世纪爪哇文学时代开始发展起来的一种诗歌形式。

第九十五章

1

长期蜷居村落，为王宫贵族不齿。无人肯定，心情郁结。君子好友亦不怜悯，离我而去。纵然深明义理，无爱又何用？①

2

满腹才华，无心展示。装聋作哑，远离悲伤，不再多愁善感。只盼圣人之言，穿透心灵，宗教之义，恪守遵从，不为离经叛道之举。

3

随即隐居山谷，藏身密林，搭建小屋，修行于僻静之处。园中古树高耸参天。名为加玛腊沙纳②的小村子，令我神往已久，是我归宿。

---

① 此节英文译本与印尼文译本表述有差异，英文译本翻译如下：长期闲居村落，被一无聊年轻女子所烦，没有共同语言，没有幽默感。性情孤僻，毫无甜言蜜语。我是一个真诚善良的人，却又被无情抛弃。如果爱无结果，知道爱的法则又有何用？

② Kamalasana，诗人隐居之地，也有一说认为此地是诗人杜撰，并非真实存在。

第九十六章

1

普腊班扎以五样事情为乐：言辞幽默，脸颊红润，眼睛明亮，活力不减，纵声大笑。

2

举止粗鄙，不值效仿，愚笨不堪，难以教化。在圣典中寻求完善，否则已受鞭笞无数。

第九十七章

1

意图效仿维纳达①。即使拥有无数财富,依然苦行不辍,生活平静安详。

2

维纳达追求功德,无视财物,坚持隐居修行,终悟人生真谛。

3

维纳达乐于追求,为获得圆满而奋斗不已,堪为修行英雄。

---

① Mpu Winada,与诗人同时期的著名婆罗门苦行僧。

第九十八章

1

诗人效仿维纳达任重道远。只有勤于修行,以仁爱之心对待世界,摒弃偏见,放弃追名逐利,断除欲望,消除缺点,内心方能圆融平静。

译 后 记

岁月不居，时节如流。我们翻译的《爪哇史颂》出版至今，已逾六载。蒙商务商务印书馆推荐，有幸入选《汉译世界学术名著丛书》。由于该书专有名词较多，注释也较多，出版社建议进行全面修订。于是此次我和徐明月同志分工行动，她先对原来的版本进行了一些注释和个别词句的修正，并编制了《爪哇史颂》帝王族谱，我则主要根据英文译本进行从头至尾的校译。我的方法是，如果印尼文译本缺少的内容，尽量用英文译本补译。相对而言，我们依据的《爪哇史颂》的印尼文译本较为简略，而英文译本较为详细。我还补充了不少注释，增加了一些考据，目的就是希望读者更容易理解这部年代久远的诗史。此本译注尽管我付出的多一些，但它依然是我和徐明月师徒二人诚心合作的结晶。

总体而言，之前出版的《爪哇史颂》更接近印尼文译本，而此次我也参考英文译本进行译注，使得入选汉译名著后呈现给中文读者的《爪哇史颂》译本更为完善。值得一提的是英文译本也是直接从爪哇文文本翻译的。其中个别词语或名词我参考了爪哇文转写的拉丁化文本进行翻译或注释。我们的初衷是，尽管版本不一，但我们尽可能提供多一点的参考内容，以飨读者。

我们呈现给读者的汉译本仅仅是一个参考，由于我和徐明月同志印尼文和英文水平有限，译注谬误难免，请学界同行不吝赐教。"知我罪我，其惟春秋"，感谢商务印书馆张艳丽老师对《爪哇史颂》的关怀和对我们译注者的耐心。感恩我的印尼语启蒙老师梁敏和教授。无比怀念张玉安老师。

刘志强于羊城

2022年5月

图书在版编目（CIP）数据

爪哇史颂 /（印尼）普腊班扎著；刘志强，徐明月译注. —北京：商务印书馆，2022
（汉译世界学术名著丛书）
ISBN 978-7-100-20765-2

Ⅰ.①爪… Ⅱ.①普… ②刘… ③徐… Ⅲ.①印度尼西亚—中世纪史 Ⅳ.①K342.3

中国版本图书馆CIP数据核字（2022）第031618号

权利保留，侵权必究。

汉译世界学术名著丛书
爪哇史颂
〔印尼〕普腊班扎 著
刘志强 徐明月 译注

商 务 印 书 馆 出 版
（北京王府井大街36号 邮政编码100710）
商 务 印 书 馆 发 行
北 京 冠 中 印 刷 厂 印 刷
ISBN 978-7-100-20765-2

2022年11月第1版　　开本 850×1168　1/32
2022年11月北京第1次印刷　印张 6

定价：39.00元